소설이 곰치에게 줄 수 있는 것

소설이 곰치에게
줄 수 있는 것

최석규 소설집

좋은땅

차례

소설이 곰치에게
줄 수 있는 것

그가 다시 생각난 것은 두 사건의 기막힌 연쇄 반응 때문이었다. 물속에 강제로 밀어 넣어도 기어코 수면 위로 떠오르고 마는 제주도 부석처럼 그의 얼굴이 생급스레 생각났다.

　첫 번째 마주침은 몇 년째 재개발 지역으로 묶인 산동네의 반쯤 부서진 어느 2층 건물 창고에서였다. 채무자는 무릎을 꿇은 채 눈치만 살폈다. 사장은 야구 방망이를 휘두르며 전라도 욕을 살벌하게 퍼부었다. 이번 달 말에 밀린 원고료 받으면 꼭, 반드시 갚겠습니다. 남자가 벌벌 떨면서 말했다. 무명작가인 남자의 목은 툭 치면 부러질 것처럼 비쩍 말랐다. 오 과장이 그의 가방을 열어 보았다. 원고 뭉치와 책 한 권이 나왔다. …저기요, 원고는 더럽히시면 …안 되는데. 남자가 기어 들어가는 목소리로 말했다. 오 과장은 종이 뭉치를 둘둘 말아 남자의 머리통을 내리쳤다. 사장이 곰치에게 눈짓했다. 곰치는 발목에 묶어 놓은 칼집에서 나이프를 빼냈다. 남자의 코앞에서 현란하게 칼을 돌렸다. 날을 번뜩 세워 보였다. 남자는 본능적으로 옆에 있는 책을 집어 들고 얼굴을 가렸다. 손바닥에서 손 노리개 새처럼 깡충거리던 잭나이프의 날이 책에 푹 박혔다. 겹쳐진 종이들의 얇은 떨림이 손잡이를 통해 다섯 손가락에 전해졌다. 곰치는 순간 숨이 턱 막혔다. 혀가 딱딱하게 굳어 버려, 딱 사흘 더 드립니다, 라는 익숙한 협박성 멘트도 하지 못했다. 남자가 방패 대용으로 사용하는 그 책의 제목이 눈에 들어왔기 때문이다.

두 번째 사건은 그로부터 며칠 후였다. 이중 철문과 감시 카메라 세 대를 지나야만 들어갈 수 있는 오락실에서였다. 그날도 곰치는 사무실에서 받은 일당을 바다이야기와 리얼 경마 기계에 모두 쏟아부었다. 단골에게만 주는 보너스 칩을 만지작거리며 담배를 피우고 있을 때였다. 익숙한 얼굴이 다가와 알은체했다. 무찌였다. 십 년 전쯤 되었을까. 시키시면 무슨 일이라도 하겠다며 바짝 긴장해 있던 무찌는 그때만 해도 솜털 보송보송한 어린애였다. 지금은 몰라볼 정도로 뒤룩뒤룩 살이 쪘고 머리부터 발끝까지 명품으로 휘감았다. 요즘 하는 사업에 관한 이야기를 조금 나누었다. 낮에는 이곳을 포함해 몇 군데 영업장을 관리하고 있고 밤에는 대치동과 종로에 있는 룸살롱 돌보느라 눈코 뜰 사이 없이 바쁘다 했다.

"많이 컸네. 무찌."

그 시절 곰치는 그에게 일본말로 채찍이라는 뜻의 무찌란 별명을 붙여 주었다. 성질이 불같았기 때문이었다.

"좋은 우리말 대신 왜 왜놈 말을 쓰요?"

무찌는 이제 더는 그런 천박한 별명은 쓰지 않는다고 했다. S실업 총괄 영업 이사, 라는 명함을 건넸다. 게슴츠레 눈을 뜨면서 말했다.

"곰치 형님, 아직도 꽁짓돈 받아 내는 일 한다고 들었는데. 그거, 얼마들이나 하는 거 아니요?"

혀 차는 소리가 오락실 전자음보다 더 컸다. 아르바이트생이 가져다준 봉투를 곰치 앞에 던졌다.

"거, 좋은 옷 좀 사 입으소. 동생들 쪽 팔리게 하지 마시고."

곰치는 좁은 계단을 따라 뚜벅뚜벅 내려갔다. 층계가 한쪽으로 구부러져 보였다. 출입문 천장에 붙어 있는 전등 주위로 뿌연 달무리 같은 것이 맺혔다. 계단 중간에 멈추어 섰다. 쓰레기 같은 과거뿐인 이들의 손때 묻은 벽을 주먹으로 세게 쳤다.

"저 좆만한 새끼가!"

정신을 차린 곳은 어느 가로등 아래였다. 각질 같은 새벽 서리가 수염 무성한 왼쪽 뺨에서 만져졌다. 막걸릿집에서 혼자 마시던 것은 기억났지만 언제까지 술을 마셨는지는 생각나지 않았다. 확실한 것은 하나뿐이다. 더러운 길바닥을 흐르는 냉랭한 새벽 공기와 오래된 책 냄새가 부자연스럽게 뒤섞인 헌책방 골목길에 밤새 쓰러져 있었다는 사실이다. 삼십 년도 더 지났다. 고등학교 시절 그리 자주 드나들던 중고 책방도 이젠 어색하기만 하다. 셔터가 내려진 가게 앞, 쌓아 놓은 책 더미가 보였다. 책들은 토사물처럼 널브러졌다. 맨 아래 삐죽이 튀어나온 책이 눈에 들어왔다. 귀퉁이를 잡고 꺼냈다. 1983년 출간된 책은 오래되어 겉표지가 누렇게 바랬고 비에 젖은 조악한 글자는 푸르게 번졌다.

"물레를 잘 돌리기 위해 거치적거리는 왼손 새끼손가락을 도끼로 내리치는 거죠. 그게 바로 자유입니다, 주인님."

그 순간 안소니 퀸 말투를 흉내 내던 젊은 그의 모습이 또렷이 떠올랐다. 어처구니없게도 정말 그랬다.

멀리 골목 끝에서 한 남자가 나타났다. 요즘은 누구도 꼭두새벽부터 헌책방을 찾지 않는다. 그 사실을 저치도 알 것이다. 그런데도 그는 바지런했다. 가게 앞을 빗자루로 깨끗이 치운 후 셔터를 걷어 올렸다. 안으로 들어갔다. 창문 너머 노란 불빛이 새초롬하게 켜졌다.

＊　＊　＊　＊

　사장은 잠바 왼쪽 가슴에 붙어 있는 금속 패널을 닳도록 닦아댔다. 인터내셔널 멀티 솔루션이라는 회사명이 사무실 형광등 아래서 더욱 번들거렸다. 떼인 돈 대신 받아 주는 것, 불륜 현장 잡으러 가는 것, 자식 폭행한 어린애 겁주러 가는 것 같은 일 따위에 왜 인터내셔널 멀티 솔루션 같은 이름을 붙였는지 알 순 없었다. 그래도 과장이라는 직함이 박힌 하얀 명함을 가진다는 것과 매일같이 사무실로 출근할 수 있다는 것은 기분 좋은 일이었다. 팔보채 안주에 배갈을 마실 때마다 사장은 늘 같은 말을 했다.

　"젊은 시절 잠깐 방황했다 해도 남은 인생 보시한다는 심정으로 살면 되는 거야. 사실 우리 하는 일이 따지고 보면 다 사람들의 행복한 삶을 위한 거잖아. 경찰에 신고해도, 법에 호소해도 해결이 안 되니까 우리 같은 사람들이 필요한 거고. 일종의 재능 기부지. 자선 기관의 봉사 활동 비슷하기도 하고. 다만, 활동비 조로 약간의 수수료를 받는 것뿐이야."

　술장사, 구멍 장사, 하우스 관리, 클럽 기도…. 곰치는 세상의 거친 일이란 일은 모두 경험했다. 그러는 동안 교도소도 여러 번 들락거렸다. 한때 오야붕 한번 잡아 봐야 하지 않겠나 하는 생각에 물불 가리지 않은 적도 있었지만 결국에 온 곳은 이곳이었다. 그나마 인간적으로 친했던 사장의 배려 덕이었다. 오십을 넘긴 늙다리 삼류 건달 곰치를 사장이 거둬 주지 않았다면 지금쯤 알코올 중독자로 길바닥에서 개처럼 지내거나 다른 조직원의 칼침에 다져진 고깃덩어리가 되었을지도 모를 일이다.

　곰치는 고시원으로 돌아가는 길에 큰놈에게 전화를 걸었다. 한참 동안 아이들 목소리를 듣지 못했다. 며칠 전 보낸 생일 선물을 잘 받았는

소설이 곰치에게 줄 수 있는 것

지 물었다. 새로 전학 간 중학교 생활에 대해서도 들었다. 아이는 볼멘 대답만을 늘어놓았다. 학교에서 나눠 준 가정 조사표에 아버지 직업을 회사원이라고 써넣었다가 엄마한테 무지하게 혼났다는 것이었다. 이혼한 마누라는 사별이라고 고쳐 쓰고 앞으로 아빠한테 전화 오면 받지 말라는 말도 했다. 당장 찾아가 머리채를 잡고 끌어내 흠씬 두들겨 패주고 싶었다. 오늘따라 속이 몹시 쓰렸다.

고시원 건물 게시판에 붙어 있는 광고지를 들여다보았다. 무슨 모집 광고 같은데 어두워 잘 보이지 않았다. 쭉 찢어 주머니에 쑤셔 넣었다. 방으로 들어와 형광등을 켰다. 불이 들어왔다가 나갔다를 반복하며 끄먹거렸다. 방안은 중국제 사이키 조명이 돌아가는 시골 나이트클럽 같았다. 고시원 건물의 전원 배선이 낡아 교체 공사를 할 거라는 건물 사장의 말이 생각났다. 주머니에서 전단을 꺼내 읽었다.

"소설에 관심 있는 분. 합평/독서 토론/작법 공부하실 분. 나이/성별/직업 제한 없음. 월 2회 오프라인 모임. 회비…."

동통이 왔다. 요즘 들어 왼쪽 눈이 더 쓰리고 묵직해졌다. 시야도 좁아져 늘 안개가 끼어 있는 듯했다. 손끝으로 눈 주위를 쿡쿡 눌렀다. 이번 의뢰받은 것만 마무리되면 아무래도 병원에 가 봐야 할 것 같다. 남긴 소주를 마셨다.

＊　＊　＊　＊

"오늘, 가슴 따뜻한 분이 새로 오셨습니다."

무테안경을 쓰고 뺨이 홀쭉한 남자가 곰치를 소개했다. 곰치는 어정

쩡하게 일어나 두루뭉수리로 인사했다. 다른 세상 사람과의 만남은 늘 어색했다. 카페 미팅룸에 모인 남녀의 시선이 곰치에게 오밀조밀 몰렸다. 모두 이삼십 대의 젊은이였다. 안경 남자는 배후를 캐내려는 일본 순사처럼 이것저것 물었다.

"선호 장르가 어떻게 되시나요?"

"네?"

"어느 쪽을 쓰시냐고요."

"…뭐, 딱히 어느 쪽이라기보다는 그냥 옛날에 책 읽는 것을 좀 좋아했어요. 글도 조금 끄적거렸고. 대단한 건 아니고요. …그러니까, 그냥, 예전에….."

"대학교 때요? 문창과 출신인가요?"

"…고등학교 때, 문예반에서요."

안경 남자는 안면 근육을 일그러뜨리며 웃었다. 곰치가 소설 합평회 회장인 그에게 다른 준비 없이 그냥 참석해도 괜찮냐고 전화한 것은 지난 월요일이었다. 바람난 남편의 정액 담긴 콘돔을 증거 수집용 비닐에 담아 사무실로 돌아오는 길에서였다.

웨이브 진 짧은 머리를 한 여학생의 앳된 얼굴이 벌겋게 달아올랐다. 신랄한 비평이 그녀가 쓴 단편 소설을 향해 쏟아졌다. 안경 남자는 깐깐한 목소리로 몰아붙였다.

"캐릭터가 전형적이고 빈약해. 초반의 신선함도 뒤로 갈수록 힘이 달리고. 무슨 잔혹한 살인자가 이렇게 갑자기 죄책감을 느껴? 화자의 내면세계를 레고 블록처럼 막 끼워 맞춰? 꺼지지 않는 담뱃불, 부엌 찬장의 빈 소주병, 아들이 가져간 살인자의 수첩. 그런 메타포의 상징성이 도대체 뭐지? 게다가 부인의 시각에서 살인자 남편에 대한 내재적 관념을 어떻게 빠른 템포의 거시적 서사로 막 써 내려갈 수 있어? 너 웹 소설 쓰냐? 만화 시나리오도 이것보다는 낫겠다. 이건 그냥 덩어리다. 문장 덩어리. 밑도 끝도 없는 이야기 덩어리. 똥 덩어리. 아무리 좋게 봐도 아니야. 몰입이 안 돼. 토대를 더 명확히, 견고하게 쌓았어야 한다고. 특히 제일 심각한 문제는 마지막 장, 보티첼리의 그림이 나오는 장면에서 왜 아들이 그렇게 유심히 그림 속 황색 옷을 입은 화가를 바라보는지 개연성이 흐리멍덩하다는 거야. 나름 큐브릭 감독의 영화, 〈시계태엽 오렌지〉 속에 나오는 맥도웰을 누벨 이마쥬한 것 같긴 하지만 그런 건 겉멋만 잔뜩 들어 보일 뿐 바람직하지 않아. 자, 봐 봐. 눈은 외부로 노출된 심장인 동시에 뇌라고. 그림 속 인물이든지 실재 인물이든지 서로의 눈을 바라본다는 것, 그건 가장 순수하고 절박한 소통이자 타자에 대한 원초적 인식이야. '난 출발하지도 끝에 이르지도 않았다.'라고 혼잣말하는 이 황당한 장면! 이거 어째 들뢰즈의 리좀 개념을 어설프게 흉내 낸 것 같지 않아? 하, 총체적 난국이네. 한마디로 네 작품엔 울림이 없어. 이래서 어디 공모전 예선이라도 통과하겠어?"

안경 남자가 무슨 말을 하는지 곰치는 하나도 알아들을 수가 없었다. 알 수 있는 것이라고는 생각했던 것과는 아주 다르다는 것뿐이었다. 독설을 듣기만 하던 여학생이 처음으로 입을 열었다.

"…전, 선배처럼 그렇게 깊게 생각해 보진 못했어요. 그냥 생각한 대로, 느낀 대로 마음이 움직이는 대로 쓸 뿐이에요. 앞으로 더 많은 습작을 한다 해도 어쩌면 선배가 원하는 수준까진 가지 못할지도 몰라요. 하지만 하나는 확실히 알아요. 사람을 꼼짝 못 하게 손발 묶어 놓고 마구 뺨을 때리는 것은 소설 속 살인자보다도 못하다는 걸요."

여학생은 애써 침착하려 했지만 이미 눈에 눈물이 그렁그렁했다. 원고를 주섬주섬 가방 안에 집어넣었다. 뻘쭘한 분위기가 모두의 혀를 꽁꽁 묶어 버렸다.

"등단이 무슨 벼슬이냐."

곰치 옆에 있던 젊은 남자가 구시렁거렸다. 목소리가 하도 작아 곰치만 겨우 들을 수 있었다. 안경 남자는 혀를 끌끌 찼다.

"나 학교 다닐 땐 선배들과 교수님한테 재떨이로 맞으면서 배웠어요. 절벽 끝에 벌거벗고 서서 눈물을 한 바케쓰는 쏟은 후에야 비로소 글 쓸 준비가 된 겁니다. 아무래도 다음 토론 도서는 마루야마 겐지의 《소설가의 각오》나 조양성의 《작가의 삶》 같은 책으로 정해야겠어요."

사실 곰치는 여학생의 소설이 꽤 재미있었다. 특히 살인할 수밖에 없는 화자의 어린 시절 이야기가 마음에 와닿았다. 그 나이만이 느낄 수 있는, 딱히 뭐라 꼬집어 말하기 어려운 오달진 응어리가 만져졌기 때문이다. 저 조그맣고 어린 여학생의 마음에 사는 그 옹이의 정체가 궁금해졌다.

글을 쓴다는 것이란 무엇일까? 김철수 선생이 물은 적이 있었다. 그때 문예반 학생들 누구도 대답하지 못했다. 그는 삼각형을 가로로 자른 모양에 많은 줄이 연결된 이상하게 생긴 현악기를 손에 들고 모두에게 보여 주었다.

"글을 쓴다는 것은 이 산투리라는 악기를 연주하는 것과 같다. 산투리는 다루기 어려운 짐승 같지. 짐승은 자유가 있어야 해. 하지만 연주는 마음이 내킬 때만 할 수 있는 거야. 그런데 누군가 산투리를 잘 연주하지 못한다고 윽박지르면 그땐 모든 게 다 끝장이라고."

선생은 책상에 걸터앉아 산투리 연주를 시작했다. 줄의 튕김, 음의 높낮이, 박자, 모두 듣기 끔찍할 정도였던 것으로 곰치는 기억한다. 문예반 담당 교사였던 김철수 선생은 국어 선생이자 소설가였다. 그는 선생답지 않게 거칠게 말했고 행동거지 또한 자유분방했다. 학교는 물론 학생들조차 그를 별난 사람이라 생각했다. 저런 사람이 어떻게 선생님을할 수 있냐고 대놓고 말하던 녀석도 있었다. 그럼 네가 선생질하든가. 김철수 선생은 그때 그렇게 대답했다.

문예반에선 매달 말일이면 자신의 창작 작품을 제출해 함께 읽고 서로 느낀 점을 말했다. 선생은 작품을 모두 읽어 본 후 곰치에게 네가 일등이다, 라며 책과 부상을 주었다. 니코스 카잔차키스의 《희랍인 조르바》와 선생이 즐겨 마시던 갓 볶은 커피 한 잔이었다. 그것은 곰치가 인생에서 처음이자 마지막으로 받은 상이었다.

곰치는 선생의 행방을 찾는 데 많은 시간을 썼다. 누군가를 찾는 일도 회사 업무이긴 하지만 이름 석 자만으로 사람을 찾는 것은 쉬운 일이 아니었다. 한국에서 가장 흔한 김이라는 성과 방방곡곡 수두룩한 철수라는 이름은 서울에만도 이만 명이 넘었다. 젊은 시절 그의 모습에 대한 기억도 쓸모없었다. 지금쯤 족히 칠순은 넘었을 것이다. 만일 지금 그를 보게 되면 알아볼 수는 있을까? 자신이 없었다.

안경 남자는 에스프레소 잔을 들고 단숨에 들이켠 후 곰치에게 물었다.

"선생님께서도 이 소설에 대해 말씀하실 것이 있으면 해 주시지요. 고견을 듣고 싶네요. 저희도 좀 배우게."

화살이 갑자기 자기에게 오자 곰치는 화들짝 놀랐다.

"…글쎄요. 뭐… 별로 할 말이 없습니다만."

"이 모임, 합평을 위한 겁니다. 말 그대로 여러 사람의 다양한 의견을 주고받으며 건강하고 창의적이며 긍정적인 사유를 하는 거죠. 더 나은 작품을 쓰기 위해서요."

하는 수 없었다. 잠깐 생각한 후에 입을 열었다.

"전 재미있게 읽긴 했는데. 음. 약간 잘못된 부분이 좀 있는 것 같아요. 주인공이 주정뱅이를 칼로 찌르는 장면에서요."

"그게 뭐죠?"

"과일 깎는 작은 칼로는 심장을 찌르는 것이 힘들 겁니다. 아주 힘을 세게 준다 해도 4, 5번 갈비뼈에 걸려 심장까지 도달하는 것은 불가능하죠. 차라리 횡격막 아래 배를 쑤시는 편이 좋죠."

"…"

"거긴 장기를 보호하는 뼈가 없으니까요. 그래도 뚱뚱한 남자의 지방 덩어리 뱃가죽을 뚫고 들어가는 것은 여전히 엄청난 힘이 필요하겠죠. 찌른다고 곧 사망하는 것도 아니고요. 그리고 복부 왼쪽은 소용없어요. 거긴 중요한 내장이 별로 없거든요. 반드시 20센티 이상 칼을 배꼽 위쪽에 담그고 좌우로 갈라야 간, 위장, 소장을 한 번에 찢어 놓을 수 있어요. 혹 장기가 다치지 않더라도 30분 내 과다 출혈로 죽어요. 음, 그리고 이 정도 상해 치사면 못해도 10년 형은 받아요. 여기서처럼 5년이 아니라."

모두 자신을 빤히 바라보기만 했다. 말로는 이해하긴 힘들 것 같은 생각이 들었다. 테이블에 놓인 티스푼을 거꾸로 쥐었다. 안경 남자의 어깨를 감싸 안고 복부를 푹푹 찌르는 시늉을 했다.

"그러니까 여기하고 여기, 여기를 연속적으로 담가야 제대로죠. 이렇게 어깨를 붙잡고 도망 못 가게 하면 금상첨화고."

사람들의 얼굴이 냉동실 안에 오래 놔둬 핏물이 얼어붙은 눌린 고기처럼 변했다. 안경 남자는 어느새 저만치 떨어져 앉아 있었다. 거기서 똥 마려운 딸깍발이 같은 표정으로 애꿎은 책만 뒤적거렸다. 괜히 말을 꺼냈다는 생각이 들었다. 여학생과 눈이 마주쳤다. 종일 어미만 졸졸 따라다니는 햇강아지의 눈으로 곰치를 바라보았다. 곰치는 머리를 긁적거리며 말을 돌렸다.

"…아무튼, …음, 전 재미있게 읽었습니다. 그쪽 다른 작품도 보고 싶군요."

여자는 가볍게 목인사를 했다.

"성함이?"

"선희요."

"좋은 이름이군요. 앞으로 유명 작가님 되시면 그때 알은척 좀 해 줘요."

선희의 조그마한 입술에 짧은 웃음이 걸렸다. 곰치도 따라 웃었다. 하지만 둘을 제외하고는 누구도 웃지 않았다. 분위기를 바꾸기 위해 나중에 물어보려던 것을 지금 꺼냈다.

"혹시 여기 계신 분 중에 김철수라는 작가를 아는 분 계십니까?"

선희가 되물었다.

"중편소설 '섬'으로 등단하신 분 아닌가요? M 문예지에서. 예전엔 어느 고등학교 선생님이셨고."

"아세요?"

"우리 학교 문창과 교수님이셨어요. 지금은 그만두셨지만."

"혹시 연락처라도…."

"저도 몰라요. 학교 떠나신 후 뵌 적이 없어요. 근데 왜 그러시죠?"

곰치는 대답하지 않았다.

＊　＊　＊　＊

모텔 주차장만 바라본 지 벌써 세 시간이 지났다. 차 안에 갇혀 언제
까지 이렇게 있어야 할지 감이 잡히지 않았다. 사장은 애꿎은 담배만 뻑
뻑 피워 댔다.

"이년이 어쩐 일로 이리 안 온다느냐? 그렇게 뻔질나게 오입질하러 오
더만. 젠장, 그때 사진 찍어야 했는데."

사장은 구시렁댔다. 하필 그때 카메라가 고장 났다. 분명히 장비 담당
오 과장의 잘못이었다. 그 탓에 남자와 함께 모텔로 들어가는 장면을 찍
지 못했다. 다른 계획도 다 틀어졌다. 이번 달 내로 의뢰인에게 원하는
증거를 가져다주지 못하면 성공 사례비는 고사하고 계약금까지 뱉어 내
야 할 판이다. 스트레스를 받으면 무언가를 먹어야 직성이 풀리는 사장
은 사탕을 빼앗긴 어린아이처럼 투덜댔다.

"사발면이라도 먹고 와야겠다. 올 때 뭐 좀 사다 줘?"

"담배나 사다 주쇼."

"잘 지키고 있어."

커다란 줌인 렌즈가 붙은 카메라를 곰치에게 안기고 사장은 차 밖으
로 나갔다.

운전석에 몸을 깊숙이 담근 채 멍하니 앞을 바라보았다. 사장이 자릴
비운 사이에도 차 몇 대가 모텔 주차장으로 들어왔다. 직원이 가림막으
로 주차된 차량 번호판을 가려 주었다. 그런 모습은 언제 봐도 서글펐
다. 욕정을 풀기 위해 몸부림치다가도 그 짓이 끝나면 울거나, 술을 퍼

마시거나, 죽도록 싸워 대는 불륜들로 모텔 골목은 붐볐다. 몰래 뒤를 밟고 사진을 찍는 일을 반복하다 보면 어느 순간 그들의 삶을 이해하게 된다. 그것은 꿈꿔 온 사랑에 대한 절망일 수도 있고 뒤늦은 로맨스의 아득함일 수도 있다. 곰치가 살아온 세상은 늘 이랬다. 아픔의 이유를 생각하는 것도 부질없었다. 그러는 동안 심장은 밤껍질처럼 단단해졌다. 발목에 숨겨 놓은 잭나이프로도 그것은 베어지지 않았다.

카메라를 보조석에 내려놓았다. 가방을 열어《희랍인 조르바》를 꺼냈다. 집구석에 처박아 놓았던 상자 속에서 찾은 것이다. 오래전 출간된 번역본이라 낡고 종이 질 또한 좋지 않았다. 그래도 양장본이라 튼튼하긴 했다. 곰치는 일거리가 없던 지난 주말 동안 책을 읽었다. 밖이 맑은지, 흐린지, 몇 시나 되었는지, 다 모르고 지나갔다. 읽는 동안에는 왼쪽 눈이 점점 침침해진다는 것도, 빚쟁이와 몸싸움 중에 다친 다리의 아픔도, 전 마누라에 대한 원한도 잊었다.

차 문이 벌컥 열렸다. 사장이 다급히 들어오며 소리를 질렀다.

"씨팔, 뭐해?"

사장은 보조석에 내려놓은 카메라를 재빨리 집어 들었다. 앞을 보니 바람난 부인과 정부가 택시에서 내리는 중이었다. 곰치는 책을 집어 던지고 운전석 쪽 문을 벌컥 열었다. 그러다 실수로 핸들 가운데 부분을 팔꿈치로 눌렀다. 밤꽃 냄새 가득 찬 골목에 요란한 경적이 울려 퍼졌다. 여자와 정부는 소리 나는 쪽을 돌아보았다. 곰치와 눈이 마주쳤다. 여자의 낯빛이 변했다. 눈치 빠른 그녀는 모든 것을 파악한 것 같았다. 여자는 모텔 정문을 빠져나와 왼쪽으로, 남자는 반대 방향 골목으로 재빨리 나갔다. 여자가 사라진 방향으로 쫓아갔다. 하지만 모습은 어디에도 보이지 않았다. 뒤따라온 사장이 가쁜 숨을 고르며 내뱉었다.

"곰치, 너, 이 새끼, …뭐, 하고, 있었어?"

지난달 육십오 세 생일상을 받은 사장은 한 손엔 무거운 카메라를 쥐고, 다른 손으로는 전봇대를 잡고는 개처럼 헐떡거렸다.

저녁은 늘 가던 부대찌개 집이었다. 사장은 여태껏 분이 안 풀렸는지 밥 먹는 내내 잔소리를 해 댔다.

"이번 일에 우리 밥줄 달린 것 몰라? 의뢰인이 성공 사례로 약속한 금액이면 우리 회사 석 달 치 매출이다, 석 달 치. 너 요즘 정신 어디다 팔고 다니는 거냐? 노인네 모양 썩은 동태 눈깔로 멍 때리고 있고. 이 책은 또 뭐야. 언제부터 독서광이 되셨어?"

양장본 《희랍인 조르바》로 곰치의 머리통을 후려갈겼다. 사실 계속 곰치의 신경을 거스르는 것은 아침 거른 시어머니 같은 사장의 꾸지람이 아니었다. 아까부터 식당을 돌아다니는 추레한 할아버지 때문이었다. 주름이 한가득하고 수염이 얼굴의 반을 덮은 그는 틱 장애가 있는지 한쪽 눈을 연신 찡긋거렸다. 김철수 선생도 족히 저 나이는 되었을 텐데. 노인과 선생의 모습이 묘하게 겹쳤다. 노인은 테이블 사이를 돌아다녔다. 손에 든 검은 비닐봉지를 내보이며 손님들에게 말을 걸었다. 옆자리에서 시끄럽게 술을 마시던 기생 홀아비처럼 생긴 젊은 남자가 그게 뭐냐고 물었다. 할아버지가 대답했다.

"강원도 옥수숩니다."

봉투에서 김이 모락모락 오르는 노란 옥수수를 꺼내 보였다.

"얼마죠?"

"세 개 오천 원."

"비싸네. 이거 강원도 옥수수 맞아요?"

"강원도 찰옥수수 맞소."

"아닌 것 같은데?"

옆에 있던 다른 남자가 끼어들었다.

"이 친구 고향이 강원도 홍천이에요. 집에서 옥수수 농사도 짓고 해서 할아버지보다 옥수수에 관해 더 잘 알걸?"

기생 홀아비는 손가락으로 옥수수를 쿡쿡 찌르며 말했다.

"이거 물 건너온 것 같은데. 그리고 너무 비싸다."

남자는 천 원을 깎고 두 봉지를 샀다. 일행은 옥수수를 하나씩 꺼내 먹었다. 한마디씩 했다. '여기서 GMO 맛이 나네.' '왜 이렇게 딱딱해?' '이런 건 사는 게 아닌데 말이야.'

곰치는 할아버지를 불렀다. 다 해서 얼마냐고 물었다. 모두 샀다. 옥수수를 식탁 접시 위에 전부 쏟았다. 노란 옥수수들이 아우성치며 쏟아졌다. 너무 많아 몇 개는 상에서 떨어져 남자들이 있는 곳으로 굴러갔다. 곰치는 옥수수 껍질을 벗기고 뜯어 먹기 시작했다.

"강원도 찰옥수수 맞는구먼."

옆자리 남자들의 시선이 느껴졌다. 눈길은 문신이 새겨진 우람한 팔뚝과 칼자국 난 뺨 사이를 오르내렸다. 가게 주인이 후다닥 달려와 떨어진 옥수수를 상 위로 살그머니 올려놓았다. 사장은 그러한 곰치의 행동을 오도카니 바라보기만 했다. 한심하다는 표정이 얼굴에 또렷했다. 남은 소주를 단숨에 비운 후 말했다.

"며칠 좀 쉬어라, 곰치야. 일 생기면 다시 연락하마."

* * * *

병원을 나서자마자 눈에 들어온 것은 푸른 하늘이었다. 한참 바라봤다. 늘 머리 꼭대기에 있었지만 어린 시절 옆집 누나의 치마 속처럼 이토록 강렬하게 보고 싶던 적은 없었다. 멀쩡했던 오른쪽 눈도 얼마 전부터 아파지기 시작했다. 의사는 왼쪽 눈 시신경이 많이 망가져 회복 불가능한 상태라 했다. 이미 시야각도 좁아지고 주변도 흐릿했을 텐데 왜 이제 왔냐고 핀잔을 받았다. 곰치는 둔탁하게 변한 세상이 녹내장의 신호인 줄 몰랐다. 오십이란 나이는 새로운 것을 시작하기에 너무 늦었을지도 모른다. 너도 금방 환갑, 칠순 되고 온종일 꾸벅꾸벅 졸다가 쥐도 새도 모르게 돼진다는 사장 말이 맞는 것 같다. 새로운 꿈을 꾸기에 남은 시간은 늘 모자랐다. 다른 세상이 조금씩 보이기 시작하는 시점에는 특히나 그랬다.

방에서 나와 햇볕 잘 쬐는 벤치에 앉았다. 막걸리를 종이컵에 따라 마셨다. 시큼하면서도 달곰한 액체가 식도와 위장을 어루만져 줬다. 오징어포를 길게 찢어 씹었다. 가지고 나온 신문을 펼쳤다. 광고에 적힌 번호로 전화를 걸었다.

"여보세요?"

"네. K 출판사 판매부입니다."

"이번에 출간한 책 때문에 전화 드렸습니다."

"어떤 책 말씀이신지요?"

"영국 정원."

"아, 그 책은 지금 재고가 없어서 추가로 더 찍어야 해요. 그래서 금방 보내드릴 순 없을 것 같네요. 어디 서점이죠?"

"네?"

눈이 흐려 보지 못한 하단의 작은 글씨를 그제야 발견했다. 전화번호는 대량 주문을 위한 직통 연락처였다.

"그런 게 아니라 작가님에 관해 뭐 좀 물어볼 게 있어서요."

"김철수 작가님이요?"

"네."

"무슨 일 때문에 그러신 거죠?"

"그분, 혹시 예전에 J 고등학교에서 국어 선생님 아니셨나요?"

"…글쎄요. 그건 잘 모르겠는데요."

"선생님께서 웃을 때 한쪽 눈을 찡그리는 버릇이 있지 않습니까?"

"…."

"술 마실 땐 첫 잔을 반쯤 채워 버리진 않던가요? 요즘도 늘 커피를 물처럼 마시나요? 산적처럼 덥수룩한 수염에 목소리가 아주 걸걸하신 분, 그분 맞죠?"

전화 속 여자는 말이 없었다. 곰치는 귓속 고막이 수화기에 닿도록 바짝 붙이고 대답을 기다렸다. 여자가 심드렁하게 답했다.

"김철수 작가님, 여자분이세요."

선희는 곰치의 모든 질문에 성실히 대답해 주는 유일한 학생이었다. 기본적인 언어의 조탁, 문장의 구성은 고사하고 철자와 띄어쓰기 실력조차 부족한 곰치로선 하나부터 열까지 물어보는 것 외에 달리 방법이 없었다. 답례로 몇 번 밥도 사주었다. 그녀는 호기심이 많고 수다스러웠다. 이번 달 합평을 끝내고 함께 전철을 타고 오는 길이었다. 그녀의 궁금증은 멈추지 않았다.

"아저씬 무슨 일 하세요?"

뭐라고 대답할까, 잠깐 고민했다. 좋은 답이 생각나지 않았다. 그냥 사장의 평소 생각을 말했다.

"사람 도와주는 일. …뭐, 일종의 재능 기부지."

"NGO 활동 같은 일인가요?"

무슨 말인지 모르겠지만 그냥 그렇다고 했다.

"그래도 정규직이잖아요."

"그렇다고 볼 순 있지."

"좋겠다. 근데 아저씬 왜 소설 쓰는 걸 배우려고 해요? 독서, 감상, 필사, 습작, 합평. 그딴 것 죽도록 해도 돈도 안 되는데. 그리고 요즘 누가 책을 봐요? AI, 5G, 빅데이터 시대에. 요즘 사람들은 읽고 생각하지 못해요. 그냥 보고 느낄 뿐이지요. 보세요, 전철 안에 책 읽는 사람 있나. 죄다 핸드폰만 들여다보지."

그녀는 늙다리 양아치 이혼남이 왜 현실 세계에서 사라져가는 세계로 들어오려는지 그 이유를 묻고 있었다.

"선희 씨는 왜 작가가 되려고 하는데?"

"전 딱히 작가 타이틀을 얻고 싶은 생각은 없어요. 그냥, 한 살이라도 젊을 때 쓰지 않으면 앞으로 영원히 쓰지 못할 것 같아서 그런 거예요. 우리 과에 들어오면 처음엔 누구나 문단에 주목받고 백 년이 가도 살아남는 그런 걸작을 남기겠다는 꿈을 꿔요. 몇 명은 정말 그렇게 될 것이라고 추호의 의심도 안 해요. 이 길이 아니면 죽음을! 걔들은 거의 그렇게 믿고 살아요.

그런데요, 졸업하고 몇 해 지나면 대부분 입에 풀칠도 힘든 작가의 길이 아닌 다른 분야로 가요. 방송국, 광고 회사, 연예 기획사 등등으로. 돈 모이는 곳에 사람도 모이게 마련이니까요. 거기서 다들 말랑말랑한 광고 멘트나 손발 오그라드는 예능 쪽 대본이나 쓰고 있죠. 아니면 BL, 퓨전 사극, 로판 같은 함량 미달 글이나 끄적이든가.

우리끼리는 그런 걸 글팔이, 감성팔이, 디지털 활자 벌레 됐다고 해요. 유명 문예지로 등단한 선배도 결혼하고 애 낳고 살다 보니 결국 마찬가지더라고요. 프리랜서 카피라이터도 하고 웹툰 시나리오 작업도 하고. 다들 그렇게 분윳값을 버는 거겠지요. 그 선배 예전 소설 보면 참 좋았는데. 깊이도 있고 따뜻하고. 얼마 전 동문회에서 직접 본 건데요. 술에 취한 선배가 펑펑 울더라고요. 자기가 등단한 문예지가 폐간됐다는 소식을 듣자마자요. 시네 쿠와 논(Sine Qua Non)이 사라졌다면서요."

"…음?"

"벨라스케스라는 화가가 그린 '시녀들'이라는 작품이 있어요. 가운데 어린 공주가 있고 주변에 시녀, 난쟁이, 개, 어린아이, 화가 같은 사람들이 함께 있는 작품이죠. 미술 전공자는 말할 것도 없고 웬만한 사람은 다 아는 꽤 유명한 그림이에요. 그 작품을 지독히 좋아한 어느 전문가가 그림 속 요소들, 어둠의 무게감, 빛의 움직임, 인물들, 그들 간의 기묘한 구도와 형태를 하나씩 분리하고 분석했대요. 그림의 신비스러운 매력의 실체를 밝혀내려고요. 하지만 아무것도 알아낼 수 없었어요. 대신 이런 유명한 말을 남겼죠. 각각이 모여 한 덩어리가 되면, 설명 불가능한 어떤 세계가 캔버스 너머에 만들어진다. 화가는 그것을 가리켜 '시네 쿠아 논'이라 했어요."

선희는 칠십 먹은 노인네가 백번은 끄집어냈을 법한 무용담 같은 이야기를 숨도 쉬지 않고 재재거렸다. 김철수 선생에 관한 이야기도 들려줬다. 실력 있고 재미있는 교수님이었다, 학교 측과 어떤 문제로 마찰이 생겨 그만두었다, 지금은 그에 관한 모든 소식이 끊겼다는 말을 들었다.

* * * *

곰치는 메모지를 들고 더 안으로 들어갔다. 도서관은 미로와 같았다. 좁은 통로 좌우로 책들이 빼곡한 책장 사이에 섰다. 선희가 적어 준 책 목록을 다시 읽어 보았다. 고전과 현대, 국내외 소설이 섞여 있고 어디서 들어 봄 직한 작가 이름도 보였다. 이 정도는 읽어야 다른 사람 비평을 이해하기 쉬울 거라 그녀가 말했다. 부담감은 있었지만 그래도 괜찮았다. 이곳에서 나는 종이 냄새가 좋았기 때문이다. 책꽂이에 붙어 있는 도서 분류표를 어떻게 보는지 몰라 한참 헤매다 아르바이트 학생의 도움을 받았다.

세계 단편 소설 모음집 앞에서 책을 뒤적이고 있는데 누군가 어깨를 쳤다. 곰치 오빠? 탁하고 높은 독특한 음색이었다. 곰치는 여자를 빤히 바라보았다. 희미한 옛 모습이 언뜻번뜻 스쳤다. 젊은 날 술장사 뒷일을 봐주던 적이 있었는데 그때 그 가게의 얼굴마담이었다. 이런 장소에서 마주치면 모른 체하는 게 사리에 맞겠지만 어찌 된 일인지 그녀가 먼저 알은척을 했다. 치켜 올라간 눈꼬리와 부풀어 오른 볼이 낯설었다. 보톡스를 지나치게 맞아서인지 몹시 부자연스러웠다. 그녀는 하늘거리는 블라우스에 달라붙는 짧은 치마를 입고 있었다. 좁은 통로에 서서 여자는 곰살갑게 조잘댔다. 도서관에서 떠드는 것이 민망해 휴게실로 데리고 나갔다. 여자는 한동안 자기 사는 이야기를 했다. 결혼도 했고 지금은 조그만 카페를 한다고 했다. 허리를 다친 남편은 물리 치료를 오래 받고 있지만 별 차도가 없다, 지난달부터는 자리에서 아예 일어나지도 못한다는 말을 아무렇지 않게 했다. 곰치가 대여한 책을 가리키며 물었다.

"이건 뭐야?"

"소설."

"무슨 내용인데?"

"몰라. 아직 안 읽었어."

"나, 로맨스 소설 댑따 좋아하는데."

그녀는 혀짤배기소리를 내며 핸드백을 열었다. 명함을 꺼내 곰치에게 주었다. 카페 플로랑스라는 금색 글자 위로 연한 핑크빛 입술이 대각선으로 그려져 있고 그 아래 전화번호가 보였다. 명함은 종이가 아니라 반투명한 얇은 플라스틱으로 만들었다. 힘을 주면 살짝 구부러졌다가 풀면 다시 팽팽하게 펴졌다. 그녀는 살풀이하듯 떠들다가 가게 너무 오래 비우면 안 된다며 자리에서 일어났다. 여자의 옷깃이 곰치의 허벅지를 스치고 지나갔다.

"나중에 꼭 한번 들러. 오빠."

그녀가 지나간 바람길에 진한 향수가 따라갔다. 곰치는 저 여자와 잠자리를 가진 적이 있었는지 생각했다. 이상하게도 그녀에 관한 모든 기억은 안개 속 뱃길처럼 희미했다.

도서관을 나서자마자 메시지가 왔다. 선희였다.

"대박! 김철수 교수님 찾은 것 같아요!"

곰치는 가던 걸음을 멈추고 휴대 전화를 보았다. 오후의 쨍한 햇빛 때문인지 눈 상태가 더 안 좋아진 것인지 화면 속 글자가 마구 흔들렸다. 더는 읽을 수가 없었다. 다시 건물로 들어왔다.

"강릉에서 커피숍 하는 선배가 교수님을 가게에 봤대요. 김 교수님 아니냐고 물었더니 아니라고 했대요. 외모가 더 늙긴 했어도 분명히 맞는데? 선배는 이상하다고 했어요. 지금도 종종 카페에 와 한 잔씩 마시고 간대요. 도플갱어? ㅋㅋ 다음 주 졸업생 모임에 선배가 온다니까 그때 자세히 물어볼게요."

* * * *

국밥집에서 첫술을 막 뜨려는 순간 사장한테 연락이 왔다.

"저녁은 먹었느냐?"

"먹는 중이요."

"그동안 뭐 하고 지냈어?"

"도서관 다녔소."

"지랄을 떨어라. 아직도 정신 못 차렸구나."

"우리가 언젠 제정신으로 살았소?"

"그년 행방 찾았다. 내일, 나랑 같이 부산에 좀 가야겠다."

내일은 합평회 모임이 있는 날이다. 게다가 자신의 첫 소설 합평 일정이 잡힌 날이기도 했다.

"일요일에 가면 안 돼요? 아니면 다른 사람 데리고 가시든가."

"오 과장하고 송 대리는 지금 도곡동 사기꾼 잡으러 광주로 떴어."

"…."

"토요일 오후에 연놈이 부산항에서 만나 일본 여행 가기로 약속했대. 이번이 절호의 찬스다."

곰치는 한숨을 쉬었다.

"내일 무슨 일 있는데 그래?"

이유를 들은 사장은 한동안 말을 잇지 못했다.

"이런 등신아, 너 요즘 왜 그래? 어? 그 나이에 작가님이라도 되시게?
공부한다고 그게 돼? 너 같은 무식쟁이가? 네 새끼 양육비, 생활비 무슨
돈으로 보내 줄 거야? 어? 글 쓰면 밥이 나와? 돈이 생겨? 이 미련 곰 같
은 놈아, 내 말 듣고 있어? 야! 곰치!"

"미안해요. 형님. 하지만, 내겐 중요한 일이요. 그리고 앞으로 곰치라
고 부르지 마쇼. 내 이름은 석주요. 차, 석, 주."

불 꺼진 고시원으로 들어왔다. 전등 스위치를 켰다. 천장 형광등은 여
전히 먹통이다. 오늘까지는 배선 수리가 끝날 것이라 했지만 건물 주인
의 약속은 지켜지지 않았다. 너무 낡아 고치지 못했을 수도 있고 아예
처음부터 고칠 마음이 없었을지도 모르겠다. 탁상용 전기스탠드를 꺼
냈다. 전원을 연결하고 스위치를 눌렀다. 좁은 방안에 노란 달이 떴다.
문방구에서 사 온 편지지를 꺼냈다. 줄 쳐진 흰 종이가 불빛에 반사돼
노르스름하게 보였다. 곰치는 연필을 손에 쥐었다.

김철수 선생님께.

그간 별일 없으셨는지요. 제자 차석주입니다.

시작을 어떻게 할지, 무슨 말부터 드려야 할지 한참 고민하다 펜을 들었습
니다. 손 편지를 오랜만에 쓰니 손이 놀랐는지 글씨가 아주 엉망입니다.

고등학교를 졸업한 지 오랜 세월이 지났습니다. 선생님께서 저를 기억하실

지 어떨지 솔직히 잘 모르겠습니다. 3년 동안 담임이셨던 적도, 저희 반 국어 과목을 가르치셨던 적도 없었으니까요. 삼십오 년 전, 일주일에 한 번, 문예반 특별활동 시간에 만났던 학생을 기억하는 것, 그건 거의 불가능한 일일 겁니다. 하지만 저는 아직도 첫 시간에 제게 하신 질문을 똑똑히 기억합니다.

석주야, 넌 어떤 세상에서 살고 싶으냐?

학교의 유명한 사고뭉치, 문제 학생을 다루는 쉬운 방법(매를 들거나, 욕을 하거나, 유령처럼 무시하는) 대신 선생님은 제게 물으셨죠. 그때 저는 아무 대답도 하지 못했습니다. 그런데 이제야 답을 찾은 것 같습니다.

저는 얼마 전부터 한 달에 두 번 있는 소설 합평회에 나갑니다. 처음엔 고교 문예반 생각만 하고 참석했다가 호되게 당했습니다. 좋은 소설을 읽으면서 왜 그리 어렵게 말하고 죽자고 덤벼드는지 전 아직도 잘 모르겠습니다.

내일은 제 첫 작품에 대한 합평이 있습니다. 제가 하는 일(그렇게 자랑할 만한 직업은 아닙니다만)에 관한 짧은 일화입니다. 분명 잘 쓴 글은 아니겠지만 '남들은 알 수 없지만 나는 잘 아는 이야기'임에는 틀림없을 겁니다. 오십 대에 새로운 일을 시작한다는 것은 참 어려운 일인 것 같습니다. 그것이 문학처럼 오랜 시간이 필요한 것이라면 더욱 그렇겠지요. 글을 읽고 쓰고 사유한다는 것. 그것이 무엇인지 멋들어진 말로 설명할 능력은 제게 없습니다. 앞으로 공부를 더 하더라도 마찬가질 겁니다.

선생님, 전 얼마 전에 신기한 것을 발견했습니다. 예전에는 건물의 담이 안팎 경계를 구분 짓고 도둑놈을 막기 위한 것인 줄만 알았습니다. 그런데 그 아래 전혀 다른 세상이 있었더군요. 보도블록 틈을 비집고 자라는 질경이, 부서진 벽을 따라 다투어 오르는 개망초, 손톱보다 작아 잘 보이지도 않는 쑥부쟁이. 녀석들은 옹기종기 모여 서로 얽히고설켜 자라고 있었죠. 저는 그놈들에게 맘대로 이름을 붙였습니다. 제 소설 속 인물들의 이름을요.

저는 앞으로 두 개의 세상에서 살아가려고 합니다. 하나는 돈, 화장품, 정액, 술 냄새 가득한 곳이고 다른 하나는 종이와 펜이 있는 세상입니다. 이것이 선생님의 오래전 물음에 대한 제 대답입니다. 어떻게 그 두 곳을 잘 오갈 수 있을지 그게 고민이긴 하지만요.

부디 몸 건강히 지내시길 바랍니다.

제자, 차석주 올림.

추신)

선생님께선 아직도 조르바처럼 춤추시는지, 산투리 연주 실력은 많이 느셨는지, 부불리나 같은 여자를 만났는지(혹은 롤라 닮은 여자일 수도 있겠군요), 하찮은 돌멩이 하나도 생명을 얻게 하는 여자 젖가슴 같은 언덕은 발견하셨는지, 흥겹게 춤을 출 만한 해변은 찾으셨는지, 정말로 크레타 섬에는 가 보셨는지 전참 궁금합니다.

석주는 편지지를 세 번 접어 편지 봉투에 넣었다. 풀을 봉투 입구에 정성껏 발랐다. 끝을 접어 꾹꾹 손으로 눌렀다. 너무 세게 눌렀는지 풀

찌꺼기가 배여 나왔다. 젠장! 석주는 국어사전을 찾아가며 두 시간 동안 정성스럽게 쓴 편지가 더러워질까 봐 걱정됐다. 책상 서랍을 열어 휴지를 찾았지만 아무것도 없었다. 양복 주머니를 뒤졌다. 딱딱한 것이 손에 잡혔다. 그것으로 삐져나온 풀을 깨끗이 닦아 냈다. 입바람을 불어 풀기를 말렸다. 봉투를 책상 위에 놓고 그 위에 양장본《희랍인 조르바》를 조심스럽게 올려놓았다.

석주는 풀 찌꺼기가 들러붙은 카페 플로랑스 플라스틱 명함을 구겨 방구석으로 집어 던졌다.

할슈타트에서 온

절대 무공

- 당신의 반(半)은 어느 시(時), 어느 장(場)에나 존재한다. 그것은 진실이고 진상(眞相)이다. 모름지기 우리에게 필요한 것은 진여(眞如)를 쫓는 간절한 마음과 고결한 공덕뿐이니….

"아저씨, 사범님이 들어오시래요."

곱슬머리 꼬마가 부르는 소리에 번쩍 정신을 차렸다. 새로 번역 출간된 무진 대사님의 '기의 실체'라는 책을 읽는 중이었다. 도장 안으로 들어갔다. 늘 그렇듯 코흘리개들로 북적였다. 나라 사랑! 부모 사랑! 목이 터져라, 구호를 외치며 정권 지르기를 하는 덩치 큰 초등학생 하나가 날 핼끔 쳐다봤다. 오늘도 태극 3장만 무한 반복시키고 관장님은 딴짓하고 있다는 불만이 얼굴에 역력했다. 관장실 창문 너머로 몸을 잔뜩 웅크린 형의 굵은 목덜미가 보였다. 문을 열고 안으로 들어가는 것도 모를 정도로 형은 인형 뽑기 기계에 정신이 팔렸다. 요란한 전자음과 함께 크레인에 매달린 2개의 금속 발이 좌우로 쫙 갈라졌다. 피카추 인형의 머리통을 향해 그르렁거리며 내려갔다.

"나, 와, 왔어."

"…왔나?"

형은 뒤도 돌아보지 않은 채 대답했다. 뒤쪽 소파에 앉았다. 앓는 소리가 저절로 났다. 노가다 알바를 며칠 연달아서 했더니 허리와 무릎이 몹시 쑤셨다. 가방 속에서 책을 다시 꺼냈다. 아까 읽다 만 페이지를 펼쳤다.

　형은 어릴 적부터 알고 지낸 선배다. 중고등학교 때 도내 경기에서 세 번의 메달을 거머쥐었다. 전국체전 도 대표 최종 선발전까지 올라갔던 그는 한땐 주목받던 태권도 선수였다. 형은 태권도뿐만 아니라 가라테, 유도, 쿵후, 심지어 남미의 카포에이라까지 온갖 무술을 섭렵했다. 학창 시절, 불량배들에게 둘러싸여 수모를 당하던 나를 위해 형이 나선 적이 있었다. 놈들은 무려 5명이나 되었지만, 전광석화 같은 돌려차기, 옆차기, 돌개차기에 그대로 나가떨어졌다. 형은 견자단, 토니 자, 이연걸, 성룡 따위는 상대도 되지 않는 무술 고수였다. 그 시절 난 자주 형 이야기를 친구들에게 했고 어떻게든 친분을 과시하려 애를 썼다.
　어느 날이었다. 형은 연기처럼 사라져 버렸다. 국가대표 선발 예선전을 불과 일주일 앞두고, 진짜 무림 고수를 찾아 떠난다는 쪽지만을 남긴 채 가출해 버린 것이다. 거의 삼 년이 지나 형이 다시 돌아왔을 때 난 경악을 금치 못했다. 볼록 튀어나온 배, 아코디언처럼 접힌 턱살, 덜렁거리는 팔뚝과 다리, 바람을 가득 불어 넣은 행사장 풍선 인형 같은 외모는 할 말을 잃게 했다. 근육질의 탄탄하고 날렵했던 무술인의 모습은 완전히 사라져 버렸다. 형은 장사꾼이 되어 돌아왔다. 우연히 만난 달변의 사업가가 형 인생을 송두리째 바꾸었다. 자판기 임대, 맞춤형 푸드 카, 찾아가는 세차 서비스, PC방 임대 사업, 중고품 경매 등, 그동안 형은 셀 수도 없을 만큼 많은 일을 벌였고 하나같이 망했다. 잘 되면 너도 영업 이사 자리 하나 주마. 큰소리는 고물상의 수많은 빈 깡통 중 하나를 발로 차는 것처럼 공허했다. 현실은 냉혹했다. 시간이 갈수록 불어나는 것은 빚과 제주도 흑돼지처럼 변한 몸뚱이뿐이었다.

배운 것이 도둑질인지라 형은 결국 임대료가 제일 싼 상가 5층 꼭대기에 태권도 도장을 차렸다. 하지만 관심사는 여전히 다른 곳을 향해 있었다. 요즘은 인형 뽑기 기계와 연습용 샌드백을 결합한 신사업에 미쳐 있다. 샌드백의 특정 부위를 발차기나 정권으로 가격해 인형 뽑기 크레인을 조정하고 연속 차기가 성공하면 잭팟이 터진 것처럼 와르르 선물을 쏟아 내는 기계였다. 시제품이라 제대로 동작하지는 않았지만, 일명 '태권 인형 뽑기' 기계는 어린 관원들에겐 인기가 좋았다. 형은 선금으로 반년 치 관비를 낸 친구에게는 '태권 인형 뽑기 무료 10회 이용권'을 나눠 주었다. 도장은 태권도보다는 사행성 기계에 정신이 팔린 코흘리개들로 문전성시를 이루었다. 형은 이 아이템이 돈방석을 가져다줄 새로운 기회라 굳게 믿었다.

피카추 머리통에 붙은 연결 고리를 오른손 검지에 끼워 빙글빙글 돌리면서 다른 손으론 코를 파던 형이 이렇게 말했다.

"인생에서 제일 중요한 건 말이지, 신념이야, 신념. 사람들의 손가락질과 멸시에도 끄떡없는 굳은 신념. 그래, 그런 게 있어야 이 좆같은 세상도 살아갈 희망이 생기는 거라고. 두고 봐, 언젠가 대박 터진다. 날 한심하게 보는 인간들. 헛짓거리한다고 지랄하는 놈들. 나 성공하고 나서 그때 친한 척해 봤자 늦었다고. 있을 때 잘해야지."

상급반 수업을 마치고 함께 늦은 저녁을 먹으러 순대 국밥집에 갔다. 형은 밥 먹는 내내 사업 이야기만 해 댔다. 언제쯤 본론을 꺼내야 하나, 고민했다. 형이 뚝배기 그릇을 들고 국물을 들이켜는 타이밍을 잡았다.

"형, 저, 전번에 말한 사업은, 어, 어떻게 돼 가?"

"뭔 사업?"

"서, 성, 성인, 요, 용품, 대, 대여 사업."

그렇지 않아도 더듬는 내 말투가 형의 무심한 반응에 더 심해졌다.

"아, 그거, 잘 돼 가지."

"…어, 얼, 얼, 얼마나?"

형 눈이 역삼각형 모양으로 변하고 입술이 강제로 때려 박은 나사못처럼 찌그러졌다.

"너, 빌려준 돈 때문에 오늘 만나자고 한 거냐?"

"그, 그게, 아, 아니고…."

"안 떼먹어, 인마. 그딴 푼돈 얼마나 된다고. 수익 나면 어련히 알아서 챙겨 줄 텐데. 쪼잔하긴."

✳   ✳   ✳

내 유일한 취미는 도참사상에 관한 공부다. 세상을 움직이는 에너지에 대한 것, 쉽게 말하자면 기(氣)에 관한 연구라 하겠다.

왜 누구는 돈 많은 집안에 태어나 귀족처럼 살고, 누구는 가난하게 태어나 뼈 빠지게 고생하다 병들어 객사하는 걸까. 저 사람은 잘도 취업하는데 왜 난 1차 서류도 통과하지 못하는 것일까. 나보다 키도 작고 뚱뚱하고 못생기고 유머 감각도 한참 떨어지는 놈이 어떻게 섹시한 여자 친구를 사귈 수 있는 것일까. 난 엎어지면 코만 깨지는데 어떻게 저 자식은 돈을 주워 챙기는 걸까. 나 같은 사람은 이렇게 평생 편의점과 주유소, 카페 시급 알바나 하며 남은 인생을 살아야만 하는 걸까.

이렇게 분통을 터트리는 사람이 많을 것이다. 난 이런 불평등을 두 가지 이론으로부터 설명할 수 있다. 첫째는, 천재 물리학자 마이어가 증명한 열역학 제1 법칙으로부터이고 둘째는, 도참사상의 바이블이자 유네스코 세계 문화유산에 등재되려다 아깝게 탈락한《천지량해법》이라는 명저로부터. 열역학 제1 법칙에서는 에너지는 창조되지도 않고 파괴되지도 않으며 한 형태에서 다른 형태로 바뀔 뿐이라고 했고《천지량해법》에서는 세상의 모든 기의 총량은 태초부터 정해져 있다고 했다.

두 개의 동서양 이론을 놓고 곰곰이 생각해 보면 왜 내 삶이 이따위인가에 대한 답이 나온다. 돌아가신 할아버지는 늙은이가 나이 칠십 넘어 살 수 있는 이유는 급사한 젊은이의 생명을 뺏어 사는 것이라 말씀하셨다. 그렇다. 이 세상 어딘가 누군가는 마땅히 내가 가지고 있어야 할 에너지, 내 몫의 정기를 훔쳐 사는 것이다. 쉽게 말하자면 타고난 내 능력을 훔쳐 간 누군가 때문에 인생이 이 모양인 것이다. 그런 연유로 세상에 잘난 사람들이 많아질수록, 평균보다 한참 모자라고, 뭘 해도 안 되고, 말도 더듬는 나 같은 루저들이 끊임없이 생겨나게 된다.

그렇다면 나 같은 삼류 인생은 평생 이 꼴로 살아야만 하는가? 아니다. 그건 단연코 아니다. 도참사상 학자이자 무공의 절대 경지에 오르신 무진 대사님께선 이렇게 명쾌한 해결책을 제시하셨다.

"끊임없이 공덕을 쌓으며 정진하라. 그리하면 네 몫의 기를 가진 자를 만나게 될지니. 그는 필경 네 그릇에 정백의 원기와 기운을 차고 넘치게 하리라. 작은 물줄기가 만나 하나의 큰 강을 이루듯 두 개의 마음이 하나의 상을 이룰 때 기의 합일체가 완성될지어다. 비로소 그날, 너는 거듭 태어나리니…."

한때는 형이 나의 반쪽이라 믿었다. 하지만 그건 착각이었다. 고결한

기를 가진 이는 그렇게 아무 노력 없이 만날 수 있는 게 아니다. 고수는 절대 튀지 않는다. 진짜 절대 무공은 아주 평범한 모습으로 우리 사이에 숨어 산다. 이런 이야기를 해 주면 형은 늘 같은 대답을 했다.

"절대 무공? 웃기고 자빠졌네. 21세기는 돈이 고매한 기고, 높은 위치 에너지고, 동방불패다, 이 등신아!"

＊　＊　＊　＊

금요일 저녁, 집으로 돌아오는 길이었다. 오피스텔 공사장 근처에서 인기척을 느꼈다. 건축 자재들이 가득 쌓여 있고 다 부서져 가는 컨테이너가 방치된 곳에서 젊은 여자 목소리가 났다. 티셔츠에 청바지를 입은 여자였다. 그녀는 무릎을 꿇고 몸을 수그린 채 꼼짝하지 않았다. 옆에는 붉은색 가방과 플라스틱 물통 몇 개가 놓였다. 호기심 반, 걱정 반으로 그녀를 뒤에서 지켜봤다.

"나비야, 나비야."

여자는 어둠을 향해 말했다. 컨테이너 사이 좁은 틈에서 파란 눈동자가 전등처럼 켜졌다. 먹이를 조금 담은 통을 안으로 밀어 넣은 후 여자는 뒤로 물러나 쪼그리고 앉았다. 길고양이 한 마리가 미끈한 몸매를 드러냈다. 온몸이 얼룩덜룩하고 왼쪽 뺨에 커다란 검은 반점이 있는 녀석이었다. 놈은 가까이 오지 않고 한동안 주위를 경계했다. 그녀는 식칼로 참치 캔을 푹푹 찔러 뚜껑을 땄다. 사료가 담긴 접시에 붓고 휘휘 저었다. 접시를 앞으로 밀었다. 고양이는 빙빙 돌며 냄새를 맡다가 허겁지겁 먹기 시작했다. 어린 새끼들이 한 줄로 엮인 알사탕처럼 줄줄이 밖으로 나왔다. 핑크빛 납작한 혓바닥들이 접시 바닥을 날름거렸다. 그사이 여자는 길고양이들이 깔고 자는 신문지를 새것으로 갈았다. 고양이를 돌보느라 정신이 팔려 그녀는 내가 뒤에 서 있는 것조차 모르는 듯했다. 사료를 모두 비우자 접시와 먹이통을 가방에 넣었다. 가방을 메고 뒤돌아서다 눈이 마주쳤다. 여자는 놀라 비명을 질렀다. 엉겁결에 나도 같이 소리를 질렀다. 뒷걸음질을 치다 넘어져 뒹굴기까지 했다. 여자의 식칼은 어느새 날 겨냥하고 있었다. 우리의 첫 만남은 그렇게 시작됐다.

그녀의 이름은 혜영이었다. 묻지도 않았는데 제 입으로 먼저 말했다. 우린 종종 마주쳤다. 알바를 마치고 늦게 집에 오는 날은 어김없었다. 어느 날 물통이 너무 무거워 보여 대신 들어 주었더니 그날 이후 나를 볼 때마다, 이것 좀 들어 주세요, 그릇에 먹이 좀 채워 주세요, 담요 좀 갈아 주세요, 라고 도움을 빙자한 명령을 내렸다. 그러다 보니 평일에 한 번, 주말에 한 번, 일주일에 두 번씩 만나 캣맘, 캣대디가 되어 공사장 근처, 쓰레기통 주변, 화단 뒤쪽, 골목 후미진 곳을 함께 누비는 사이가 되었다. 그녀는 마치 보시하듯 길거리 생명을 대했다.

혜영은 여러 가지 일을 했다. 그중 '큰집 막내아들 산책시키기'가 제일 수입이 좋다 했다. 뇌성 마비 아이의 물리 치료를 위해 특별히 제작된 자전거에 태우고(그녀는 자전거에 묶어 놓는다고 표현했다.) 동네 산책도 시키고 공놀이 같은 재활 놀이도 하며 하루 두 시간씩 돌봐 주는 일이었다. 그 일의 시작은 작은 우연에서 비롯되었다. 동네 게시판에 도우미 모집 공고를 냈을 때 높은 보수 때문인지 많은 이가 몰려들었다. 아이를 끔찍이 사랑하는 부모는 섣불리 사람을 정하지 못했다. 어느 날 고양이를 돌보는 혜영을 우연히 아이 엄마가 봤다. 우리 애는 강아지 좋아하는데 그쪽은 고양이를 사랑하나 봐요? 엄마가 물었다. 혜영은 주저

없이 답했다. 고양이가 아니라 생명을 사랑하는 거예요. 다음 날부터 그
녀는 강아지를 좋아하는 뇌성 마비 막내아들 자전거 산책시키기 알바를
시작했다.

혜영은 고양이 은신처에 있는 넣어 둔 담요를 꺼내 털과 음식물 찌꺼
기를 깨끗이 털어 내고 다시 담벼락 사이 좁은 공간에 밀어 넣었다. 문
득 내게 물었다.

"혹시 누구 기다려요?"

"예?"

"항상 주변을 두리번거리는 것 같아서요. 누군가를 찾는 것처럼."

고양이 도우미를 하다 보니 눈치 하나는 어미 고양이 수준이 된 것 같
다. 난 화제를 돌렸다.

"이, 이렇게 매일 도, 돌보다 보면 혜영 씨를 주인처럼 따, 따르겠어요.
애, 애완견처럼."

"얘들은 개처럼 길들지 않아요."

"그래요?"

"길고양이는 생각을 바꾸지 않으니까."

"이 동네 고양이들이 어, 얼, 얼마나 돼요?"

"한 스무 마리쯤?"

"먹을 게 풍부하다는 소, 소문이 나면 이곳으로 더 많은 애가 모, 몰,
몰려오진 않을까요? 그러면 주민들이 시, 싫어할 텐데."

"그렇진 않아요. 얘들은 쉽게 자기 영역을 벗어나 다른 곳으로 가지
않아요. 습성이죠. 게다가 주기적으로 TNR도 하니까."

"TNR?"

"중성화 수술한 후에 다시 방사하는 걸 말해요. 그 표식으로 저렇게

한쪽 귀를 잘라내죠."

정신없이 사료를 먹고 있는 고양이의 한쪽 귀를 가리켰다. 면도칼로 잘린 듯 반듯한 왼쪽 귀의 단면. 그것은 생존 허가 자격증이었다.

"TNR 받은 아이들은 그나마 복 받은 거예요. 예산 때문에 수술 대상은 한정돼 있으니까요. 대개는 포획된 후 그냥 안락사되죠."

먹이를 먹다 말고 놈이 나를 빤히 쳐다봤다. 보름달처럼 동그란 눈이 무슨 이야기를 그리 심각하게 하냐고 묻는 것 같았다.

*　　*　　*　　*

도장 관장실에서 형과 야식으로 라면을 끓여 먹었다. 몇 젓가락 집지도 않았는데 냄비 바닥에는 눌어붙은 달걀의 흔적만 남았다. 국물까지 비운 형은 다시 인형 뽑기 기계 앞에 앉았다.

한창 기계와 씨름하는 중에 도장 문이 쾅 하고 열렸다. 창문이 다 흔들릴 정도였다. 그 바람에 집게 다리에 걸려 있던 피카추가 아래로 추락했다. 형은 오만 원짜리 지폐가 가득 찬 007 가방을 강물에 빠뜨려 버린 듯한 표정으로 뒤를 돌아봤다.

160센티미터가 조금 넘는 키에 미라처럼 비쩍 마른 남자가 문 앞에 서 있었다. 길고 하얀 머리카락의 포니테일 헤어스타일, 백열등처럼 빛나는 이마, 끝이 30도쯤 위로 올라간 짙은 눈썹, 세월의 무게에 짓눌린 듯한 펑퍼짐한 콧방울과 길쭉한 인중, 스테이플로 여러 번 박아 절대로 열리지 않을 것만 같은 꽉 다문 입술. 남자는 한눈에 보기에도 범상치 않았다. 두루마기 안으로 색 바랜 검은 띠가 번들거렸다. 그는 금방이라도 달려들 자세로 형을 노려봤다. 뿜어지는 인광이 참치 통조림을 노리는 길고양이 눈빛처럼 서늘했다. 손가락으로 형을 가리키며 말했다.

"더는 피하지 마시오!"

형은 내게 버럭 화를 냈다.

"들어올 때 문 안 잠갔어?"

나는 어찌할 바를 모르고 둘을 번갈아 봤다. 형은 인형 뽑기 기계의 투명 창에 서리가 내릴 만큼 긴 한숨을 내쉬었다. 만 원짜리 두 장을 들고 남자에게 다가갔다. 손에 돈을 쥐여 주며 말했다.

"어르신, 제가 오늘 좀 바쁘니까 다음에 하시죠."

남자는 돈을 바닥에 내팽개쳤다.

"언제까지 나와의 대결을 피할 수 있을 거로 생각하시오?"

"제가 진 거로 할 테니 제발 찾아오지 좀 마세요."

"내 무공이 그리 두렵소?"

형의 참을성은 한계에 다다른 것처럼 보였다. 얼굴이 붉으락푸르락했다. 거구의 형 옆에 있어서인지 노인은 더욱 왜소해 보였다. 형의 저 우람한 다리로 내려 찍기를 하면 그는 도장 바닥에 영영 박혀 버릴 것만 같았다.

형은 담배를 뻑뻑 빨아 대며 그간의 사정을 말해 주었다. 몇 주 전부터 동네를 휘젓고 다니는 노인은 태권도 도장, 쿵후 도장, 공수도 도장 등을 돌아다니며 관장들과 누가 진정한 고수인지 한판 겨루자고 했다.

"저렇게 자꾸 덤비는 통엔 참 대책 없더라. 지 말로는 세계 각지를 돌아다니며 무공 수련을 하고 왔대. 장풍, 축지법, 경공신공을 자유자재로 구사한다나 뭐라나. 한 마디로 미친놈이지. 노인네만 아니었으면 벌써 나한테 반 죽었을 텐데. 사업이 안 풀리니 별 잡놈이 다 들러붙는다, 요즘. …예전에 내가 진정한 무술의 달인이 된다고 집 나간 적 있었지? 그때 왜 고수가 아닌 비즈니스맨이 되어 돌아온 줄 알아? 다 저런 놈들 때문에 그래. 기공이니 내공이니 그런 거로 사기 치는 것들 말이야."

말이 하나도 귓속에 들어오지 않았다. 형의 말은 고막에 닿기도 전에 질식해 버렸다. 단어들은 죽은 물고기처럼 배가 뒤집힌 채 상념의 수면 위로 둥둥 떠올랐고 도장 열린 창문으로 썰물처럼 빠져나갔다. 눈앞에 빛이 환하게 떠올랐다.

아르바이트가 없는 날에는 늦도록 동네를 돌아다녔다. 도장 주변, 공원, 식당 같은 곳을 샅샅이 찾았지만, 도통 눈엔 띄지 않았다. 어쩌면 당연한 일인지도 모른다. 무릇 절대 무공은 그리 쉽게 발견되지 않는 법이니까. 주말에는 동네 뒷산을 뒤졌다. 길이 가팔라지고 인적이 드문 산 중턱이었다. 나무가 울창해 잘 보이지 않는 구석에서 인적기가 느껴졌다. 예전엔 없던 움막이 이파리 사이로 맥연히 보였다. 비닐과 나무로 알기살기 엮인 나지막한 토막집에서 사람 하나가 허물 벗는 뱀처럼 기어 나왔다. 그 노인이었다. 쌀쌀한 날씨임에도 불구하고 그는 사각팬티 같이 생긴 갈색 반바지 하나만 입고 있었다. 잠시 제자리에서 스트레칭을 하더니 움막 위 평평한 바위 위로 올라갔다. 날 등진 채 가부좌를 틀고 앉았다. 하늘을 향해 두 손을 쳐들어 잠시 멈추는 듯하더니 이내 좌우로 날개처럼 펼치며 큰 원을 그렸다. 단전에 모인 양손은 다시 명치를 지나 인중을 향해 올라갔다. 물 흐르듯 움직이는 두 손. 긴 호흡과 거친 듯 부드러운 움직임의 수묘한 조화. 공중 부양을 하듯 들썩거리는 하체. 주변의 나쁜 기운을 삭히고 곤히 잠든 새벽의 기를 흔들어 일으키는 저 동작은 틀림없는 운기조식의 최고 경지, 부공삼매다. 십여 분 정도 천지

기운을 주고받은 그는 한참을 꼼짝하지 않았다. 풀어 헤친 하얀 백발이 아침 바람에 깃발처럼 흩날렸다. 노인은 눈을 감은 채 조용히 물었다.

"어찌 길고양이처럼 나를 찾아다니셨소?"

목소리는 고대의 아득한 노래처럼 들렸다. 나무 뒤에서 훔쳐보던 난 등골이 오싹해졌다.

많은 이야기를 나누었다. 직접 끓여 주신 국화차도 마셨다. 노인의 법명은 병인신, 밝을 병, 어질 인, 불꽃 신 자를 썼다. 세상을 밝히는 어진 불꽃. 뜻은 훌륭했지만, 우리말 어감은 좋게 들리지 않았다. 그래서 난 그냥 법사님이라고만 불렀다. 환갑은 족히 넘어 보였지만 실제로는 50대 초반이라 했다. 그간의 혹독한 수련이 외모로 먼저 발현된 것이다.

법사님은 젊은 시절부터 국내는 물론 중국, 일본, 태국 등을 돌아다니며 무공을 연마하였다. 타고난 선천진기를 갈고 닦아 후천진기를 완성하고 기경팔맥과 십이 경맥을 도통하는 수련 끝에 내공을 자유자재로 조절하게 됐고 백보신권과 일지선 같은 외경 초식까지 마음대로 구사하게 되었다. 그동안 세계 각지의 고수들과 목숨을 건 혈투에 관해서도 이야기해 주었다. 특히 중국 견가권 당수와 인도의 칼라리파야투 고수와의 사투는 듣기만 해도 손에 땀이 다 흘러내렸다. 마지막으로 머물렀던 장소는 고개를 갸우뚱하게 했다. 그곳은 할슈타트라는 곳이었다. 오스트리아의 잘츠부르크 근처에 있는 작은 마을로 기원전 12,000년 전부터 사람이 살았고 1895년 산을 뚫어 터널을 만들기 전까지 외부와 완전히 고립된 장소다. 예전엔 소금 캐는 광부만 모여 살던 촌 동네였지만 지금은 아름다운 푸른 호수와 멋진 산세로 유명한 관광 명소라고 했다. 그림엽서 한 장을 꺼내 보여 주었다. 산언덕을 따라 각자의 원색을 자랑하며 높고 길게 세워져 있는 집들, 거울 같은 호수, 만년설이 쌓인 가파른 산이 어우러져 마치 전설 속 요정 마을 같았다. 절대 무공과 오스트리아 관광 명소. 선뜻 어울리지 않는 조합이란 생각이 들었다. 그곳엔 머문 이유를 묻는 내게 이렇게 답하셨다.

"뒤로는 해발 2,900미터의 다흐슈타인 산이, 앞으로는 맑은 할슈태터 호수가 있는 할슈타트를 평범한 관광객들은 그저 유럽의 아름다운 마을이라고만 생각하지. 하지만 나를 포함한 소수의 고수는 잘 알고 있네. 그곳은 지구의 기가 한데 모이는 세상의 중심이라는 것을. 도참사상 개념으로 말하자면 음과 양, 천과 지, 동과 서, 오와 열이 만나는 곳이란 뜻이지. 게다가 거긴 생명에겐 없어선 안 될 소중한 존재가 있어. 바로 소금이야. 할슈타트의 '할'은 고대 켈트어로 '소금'이라는 뜻이네. 소금은 곧 생명일세. 순수한 기와 정제된 생명, 이들이 모인 할슈타트의 중앙 광장은 수련하기엔 최적의 장소지. 거기선 고양이조차 경공신공을 할 줄 아네. 그래서 5층 높이에서 뛰어내려도 다치지 않고 높은 담벼락을 순식간에 뛰어 넘어가기도 하지."

전율이 목덜미를 스치고 갔다. 그동안 혜영과 밤마다 길고양이들을 돌본 것이 어쩌면 오롯이 법사님을 만나기 위한 과정이었을지도 모르겠다는 생각이 들었다. 심장 깊은 곳부터 뜨거운 것이 올라오는 것만 같았다. 무언가 공덕을 쌓았다는 느낌을 받았다. 법사님은 이런 좋은 말씀도 해 주었다.

"참된 세상이란 못난 자와 잘난 자가 서로 균형을 이루며 사는 곳일세. 능력이 충만한 자가 그렇지 못한 사람들을 위해 아무 대가 없이 베푸는 행위. 그것이 바로 진도요, 동물과 인간을 구분 짓는 잣대요, 올곧은 사람의 이치인 동시에 삼라만상, 인간지사, 은공덕사 일세. 도의 가장 중심엔 진기류라는 것이 존재하네. 사람을 사람답게 만드는 바르고 청명한 기의 흐름인 진기류, 난 그 기를 험악한 이 세상에 널리 설파하기 위해 이렇게 다시 돌아온 것이네."

한 자도 빠뜨리지 않고 머릿속에 차곡차곡 집어넣었다. 마지막 말씀은 뼈에 새겨 넣었다.

"무(武) 위에 정(情)이 있고 정 위에 생(生)이 있음을 명심하게. 그래서 사람은 하찮은 생명일지라도 결코 가벼이 여길 수 없는 것이야. 하늘이 정한 그런 법칙은 절대 고수라도 거역할 수 없는 법일세."

그동안 목격한 그분의 공력을 나열하자면 끝이 없다. 법사님은 지나는 사람을 보고 무엇을 하는 사람인지, 어디로 가는지, 기가 청명한지 탁한지 알려 주었다. 마치 잘 아는 사람처럼 말이다. 사람의 몸에 손을 대지 않고 움직이게 하는 초식, 즉 주사장도 봤다. 카페 앞에 서서 누군가를 기다리는 젊은 여자를 향해 현란한 손짓을 시작한 지 몇 분이 지나자 그녀는 우리 쪽을 잠시 노려보더니 그대로 자리를 떴다(결코, 법사님의 기공행이 불쾌해서 자리를 뜬 것은 아니다). 그뿐 아니다. 손가락에서 뿜어 나오는 기로 산책 나온 강아지가 나무에 오줌을 누게 한다거나(개의 영역 마킹 행위와는 전혀 다르다), 하늘의 구름을 서서히 움직이게 하는(그날 지상엔 바람이 불지 않았다) 등, 열거하기 어려울 만큼 많은 기적을 목격했다.

법사님은 선물 하나를 주었다.

"자네에게 꼭 필요한 것일세. 부디 몸에 잘 지니고 다니게. 흉사는 피해 가고 길사는 따라올 터."

부드러운 노란 천에 붉은색으로 '신지무의(信之無疑)'라 적힌 손수건이었다. 글자 아래에는 할슈타트의 아름다운 풍경이 수놓아져 있었다.

난 밥을 먹을 때나, 알바를 할 때나, 깨어 있을 때나 잘 때나, 추우나 더우나, 그것을 늘 몸에 지녔다.

시장에서 장을 보고 움막으로 돌아가는 중이었다. 갑자기 법사님이 우뚝 자리에 멈추었다. 오일장이 열리는 사거리 근방이었다.

"묘한 기운이군."

난 주변을 두리번거렸다. 언제나처럼 사람들로 북적였고 차와 사람이 뒤섞여 소란스러웠다. 법사님은 한곳을 뚫어지게 바라보았다. 골목에서 바퀴가 세 개 달린 자전거가 나타났다. 하얀 헬멧을 쓰고 손과 다리를 자전거 손잡이와 페달에 묶은 어린아이가 타고 있었다. 등이 구부정해 똑바로 앉지 못하는 아이는 굴러떨어지지 않도록 등받이를 붙인 안장에 안전띠로 단단히 묶여 있었다. 자전거 꽁무니에 연결된 긴 손잡이를 밀고 오는 사람이 보였다. 혜영이었다. 우리 쪽으로 오는 그녀의 표정이 생선 가게에 며칠씩 누워 있는 꽁치처럼 무료했다. 밤이 아닌 낮의 혜영은 처음 보는 사람처럼 낯설었다.

"견(犬)상에 묘(猫)행이라. 저 계집은 개의 모습으로 태어났으나 고양이의 행위를 하고 있어. 허, 상극의 기가 한 몸에 있구먼. 저런 자를 가까이하다간 큰 경을 칠걸세."

그녀는 멀리서도 날 알아봤다. 반갑게 손을 흔들었다. 나는 시선을 피했다.

그날 저녁, 편의점 알바를 끝내고 오는 길에 혜영으로부터 카톡 문자가 왔다.

- 왜 이렇게 요즘 안 나와요? 새끼들이 많아져서 힘들어 죽겠는데.

생각해 보니 거의 이 주 동안 도와주지 못했던 것 같다.

- 미안해요. 바쁜 일이 생겨 당분간 도와주지 못할 것 같아요.

- 무슨 일?

- 내 인생에서 아주 중요한 일.

- 생명을 돌보는 일보다 중요한 일이 뭐가 있어요?

대답하지 않았다.

- 시장에서 본, 옆에 있던 사람 누구예요?

난 핸드폰을 껐다.

집 앞 주민 게시판에 공고문이 붙었다. 얼마 전 길고양이에게 공격을 당해 아이 얼굴에 생채기가 났다는 윗집 아줌마가 술 취해 새벽에 들어온 인사불성 남편을 노려보는 눈초리로 공고문을 꼼꼼히 읽어 보고 있었다.

〈길고양이 문제에 대한 임시 반상회 개최〉

부쩍 늘어 가는 길고양이 처리 문제에 대한 임시 반상회를 개최할 예정이니 많은 참석 바랍니다.
일시: 금요일 저녁 7시.
장소: 동사무소 2층 회의실.
회의 주제: 동네 길고양이 처리 방안.
참석자: 동물 보호소 담당자, 구청 시설 위생과 담당자, 관심 있는 주민.

"파이트머니는 섭섭하지 않게 줄게. 형은 연습하듯 하면 돼."

법사님과의 경기를 형에게 요청했더니 지금까지 한 번도 본 적 없는 눈빛으로 나를 보았다.

"너 미쳤냐? 그 영감탱이가 시켰어? 너까지 왜 그래?"

"형은 이해 못 해. 병인신 법사님은 절대 공력을 지닌 분이셔."

"병신 법사?"

"밝을 병, 어진 인, 불꽃 신 자를 쓰셔."

"병신이든 등신이든 헛짓하지 마. 괜한 웃음거리 만들지 말고."

하지만 대전료를 더 올려 주겠다고 하자 형은 냉큼 허락했다.

"음…. 네가 하도 청해서 어쩔 수 없이 하는 거지, 돈 욕심나서 하는 건 아니다."

"고마워. 형."

"근데, 너 말 더듬는 버릇 언제 사라졌냐?"

나는 이번 대회 준비에 모든 걸 쏟아부었다. 이미 '태권도 고수와 기공 고수의 결투'라는 이름으로 SNS, 블로그, 유튜브에 홍보했다. 대출받은 돈으로 포털 사이트에 광고도 했다. 대회 소식은 입소문을 타고 빠르게 퍼져 온라인에서 화제가 되었다. 어느 인터넷 방송국에서는 법사님의 운기조식하는 모습을 찍어 공개했다. 형은 결투에 임하는 자세를 인터뷰하다 슬그머니 사업 아이템 '태권 인형 뽑기'를 소개했다. 동네 무술 도장 관장들로부터 미친놈 데리고 쇼한다고 손가락질을 당했지만, 형은 신경도 쓰지 않았다.

경기가 시작되는 날. 법사님이 승리하는 날. 두 개의 기가 하나가 되는 그날. 원래 내 몫의 기를 다시 찾는 순간 세상은 달라질 것이다. 난 더는 사회의 패배자가 아니다. 알바 인생이 아니다. 허접쓰레기가 아니다. 나도 당신과 같다. 나 또한 존중받아 마땅한 인간인 것을 모두 알게 될 것이다.

대회 30분 전에 법사님을 모시고 도장으로 들어갔다. 동네 관장들, 소문을 듣고 몰려든 상가 사람들, 케이블 TV 직원, 인터넷 신문사 기자, 무술 동호회 블로거. 5층 복도는 사람들로 바글거렸다. 형은 어제 공장에서 급히 조립해 온 '태권 인형 뽑기 버전 2' 앞에 서서 홍보에 열을 올리고 있었다. 돌려차기로 인형 머리를 정확하게 가격하자 삼발이가 움직이고 요란한 전자음과 함께 인형을 집어 들었다. 몇 명이 손뼉을 쳤다.

법사님은 잠시 형을 보자고 했다. 관장실로 들어온 형에게 꼬깃꼬깃한 종이 한 장을 건넸다. 맨 아래 지장을 찍으라고 했다. 내용을 읽던 형 얼굴이 벌겋게 상기됐다.

"뭐, 이렇게까지⋯."

말끝을 흐렸지만, 법사님은 단호한 어조로 말했다.

"지장을 찍지 않으면 대결도 없소."

결투 중 불구가 되거나 목숨을 잃어도 그것은 각자의 책임입니다, 라는 문구 옆에 지장을 찍는 형의 엄지손가락이 약 먹은 바퀴벌레처럼 가늘게 떨렸다.

경기는 3분 3회전, 휴식은 회당 1분씩, 시합 규칙은 태권도 겨루기 방식을 따르기로 했다. 태권도에만 유리한 규칙이 아니냐고 내가 항의했지만, 법사님은 어차피 금방 승부가 날 것이니 괜찮다고 말했다. 법사님은 기의 흐름을 방해한다는 이유로 호구도 거부했다. 그 때문에 주심과 실랑이가 벌어졌지만 끝내 보호대를 차지 않았다. 저라도 보호대 할까요? 형이 그렇게 주심에게 말했다가 사람들의 웃음소리에 입을 다물었다.

시합에 앞서 법사님은 가부좌를 틀고 인체의 혈을 열어 기공을 극대화하는 부공삼매를 시작했다. 열어 놓은 창문을 통해 세찬 바람이 불어왔다. 하얗고 긴 머리카락이 망토처럼 펄럭였다. 바람 같은 손짓과 불꽃 같은 눈빛에 자신감이 그득했다. 그 모습이 신비롭고 성스러워 보이기까지 해 몇몇 구경꾼들은 핸드폰을 꺼내 촬영을 했다. 형은 제자리에서 스트레칭을 하면서 힐끔힐끔 법사님을 훔쳐봤다. 말없이 둘을 지켜보던 쿵후 사범이 다가와 농을 쳤다.

"어이, 김 사범, 저 양반 진짜 절대 무공 아냐? 오늘 잘못하면 자넨 장가도 못 가고 세상 뜨겠어."

형이 내 곁에 다가와 귓속말로 물었다.

"저 영감탱이… 진짜 정체가 뭐냐?"

삑! 호루라기 소리와 함께 경기가 시작됐다. 형과 법사님, 둘은 시계 방향으로 슬슬 돌면서 상대방의 움직임에 촉각을 곤두세웠다. 방송국 카메라는 몸짓 하나도 놓치지 않으려는 듯 몸놀림을 따라갔다. 법사님은 부채를 펼쳐 바람을 불러일으키는 것처럼 손바닥을 크게 벌리고 둥글게 원을 그렸다. 금강불괴를 위한 기의 결계, 즉 보이지 않는 보호막을 전신에 만드는 것이다. 이젠 형의 어떠한 발차기도 기름 바른 프라이팬에 떨어진 달걀처럼 미끄러져 빗나갈 것이다.

엄청난 기합 소리였다. 법사님은 두 손을 모아 매의 발톱 같은 모양을 만들고 형의 얼굴을 향해 세차게 뻗었다. 떨어져 있는 적에게 강한 기를 표창처럼 날리는 비수기공파, 일종의 장풍이었다. 장풍을 받은 형은 움찔하며 뒤로 몇 발자국 물러났다. 틀림없이 큰 내상을 입었을 것이다. 법사님은 기회를 놓치지 않고 연속으로 비수기공파를 날렸다. 형의 눈동자가 이상하게 변했다. 마치 지나가는 사람들을 바라보는 멍청한 소의 눈망울처럼.

순식간이었다. 너무 빨라 경기를 보던 사람도, 촬영하던 방송국 직원도, 심지어 주심까지도 제대로 보지 못했을 것 같았다. 왼발 앞차기, 오른발 뒤차기, 비틀거리며 뒤로 물러나는 법사님을 향해 연달아 쏟아지는 돌개차기. 번개 같은 형의 연속 발차기는 법사님의 옆구리, 가슴, 안면을 정확히 타격했다. 전성기 때의 형 모습 그대로였다.

2미터쯤 공중을 날아 매트에 떨어진 법사님은 잠깐 꿈틀거리더니 그대로 실신했다. 도장 안은 카메라 찍는 소리만 요란했다.

* * * *

대결은 케이블 TV의 금주의 핫 클립이라는 코너에서 최고로 웃기는 동영상 1위를 차지했다. 인터넷 검색 키워드 순위에선 '무림 고수 결투'라는 이름으로 검색어 상위에 올랐고 SNS 리트윗 수도 폭발적으로 올라갔다. 유튜브 조회 수는 이미 수십만 건을 기록했다. 수많은 패러디 영상물도 만들어졌다. 돌려차기를 맞고 지구 밖으로 튕겨 나가는 외계인. 병상에 누워 있던 노인이 발차기를 맞고 갑자기 벌떡 일어나 복식 호흡을 하는 장면. 장풍을 레이저처럼 쏘아 대는 백발 남자. 네티즌 중 누군가는 '무림 고수와의 재대결을 촉구합니다.'라며 사람들의 서명을 받기 시작했다.

유명세 덕을 제일 크게 본 사람은 형이었다. 홍보 효과로 입관 신청자가 세 배나 늘었고 '태권 인형 뽑기'에 관심을 보이는 사람들의 문의로 전화기에 불이 날 지경이었다. 며칠 전에 사업 투자자를 구했다는 형의 연락을 받았다. 목소리가 한없이 들떠 있었다.

"다 네 덕분이야. 진짜 고맙다. 나중에 찐하게 한잔 쏠게."

법사님은 전치 4주의 중상을 입었다. 오른팔 골절과 왼쪽 2, 3번 갈비뼈가 이탈했고 코뼈는 비에 젖은 종이 상자처럼 주저앉았다. 의사는 입원 치료를 권유했지만, 법사님은 한사코 거절했다.

시합 다음 날 움막으로 찾아갔다. 밖에서 법사님을 불렀지만, 기척이 없었다. 안으로 들어갔다. 토막집은 텅 비었다.

하염없이 밤거리를 걸었다. 목적지는 없었다. 걷는 내내 눈물이 났다. 고장 난 수도꼭지처럼 눈과 코에서 슬픔이 흘러내렸다. 법사님이 주신 손수건을 꺼냈다. 얼굴을 닦았다. 신지무의, 네 글자가 축축하게 젖었다. 눈물은 그 아래 그려진 할슈타트 마을을 적셨다.

어디서 고양이 울음소리가 들렸다. 아파트 담벼락 아래 임시로 만들어 놓은 길고양이 숙소에서였다. 곁에 앉아 고양이들을 지켜보고 있는 혜영을 발견했다. 개체 수가 늘었는지 바구니 안에 더 많은 것들이 꼬물거렸다. 혜영이 손짓을 했다. 옆에 쪼그리고 앉았다.

"이제 바쁜 일 다 끝났어요?"

"…"

"전번에 시장 사거리에서 왜 알은척 안 했어요?"

"…미, 미, 미안해요."

다시 처음으로 돌아왔다. 내 틱 장애도, 여전히 돈을 갚지 않는 형의 뻔뻔함도, 고양이 돌보는 일이 세상에서 제일 중요하다 믿는 그녀의 고지식함도 그대로였다. 달라진 것이라고는 늘어난 새끼들뿐이다. 제일 조그마한 것이 다른 놈들 아래 깔려 낑낑대다가 오줌을 쌌다. 혜영은 가방을 뒤적이며 중얼거렸다.

"수건을 좀 더 가져와야 했는데…. 어, 이거 버리는 거죠?"

말릴 사이도 없었다. 그녀는 내 손에 들고 있던 손수건을 낚아채듯 가져갔다.

"어머, 여기 할슈타트네."

손수건에 그려져 있는 마을 풍경을 보고 혜영이 말했다.

"아, 아세요?"

"옛날에 유럽 배낭여행 갔다가 며칠 머물렀어요. 동네는 예쁜데, 아휴, 물가가 너무 비싸서. 음식도 입에 안 맞고…."

혜영은 고양이를 뒤집어 손수건으로 얼굴과 사타구니를 닦으며 말했다.

"구청에서 앞으로 TNR 사업을 안 하기로 했대요. 수술비, 약값, 그런 일엔 돈이 많이 드니까. 그래요, 사람에게 쓸 것도 없는데 누가 미쳤다고 몇 년 살지도 못할 짐승에게 돈을 쓰겠어요. 그래서 앞으론 TNR 받지 않은 애들은 모두 잡아 폐사시킨대요. 참 슬픈 일이죠."

그녀가 속삭이듯 말했다.

"비밀 하나 말해 줄까요?"

"뭐, 뭐요?"

"이렇게 한쪽 귀가 반듯하게 잘린, TNR 표식이 있는 아이들이 동네에 늘어 간다는 사실을 눈치챈 사람은 아무도 없어요. 언제쯤 길고양이가 동네에서 모두 사라질까 그것만 관심 있을 뿐이죠. 대놓고 귀 잘린 고양이들이 요즘 부쩍 많아졌다고 말을 해 줘도 아무도 귀담아들으려 하지 않아요. 그게 나와 무슨 상관인가? 그뿐이에요. 난 진실을 말했는데 사람들은 관심조차 없어요. 하지만 이해는 해요. 진실이란, 사실이 아니잖아요. 각자 믿고 싶은 것을 말하는 거지."

혜영은 양손으로 먹이통을 들고 일어났다. 바닥에 놓아둔 가방을 들어 달라고 부탁했다. 가방 안에서 소독약 냄새가 진하게 났다. 투명한 액체가 담긴 약병. 상처에 바르는 연고. 가위. 가윗날에는 붉은 피가 묻어 있었다. 소름이 돋았다. 도대체 이 사람은….

고양이 소리가 들렸다. 어린 것의 울음이었다. 우린 동시에 위를 바라보았다. 담장 너머 커다란 나무가 자라고 있었는데 이파리 없는 가지들이 아무렇게나 하늘을 향해 뻗쳐 있었다. 제일 높은 가지 끝에 새끼 한 마리가 앉아 울고 있다.

"어머. 쟨 저길 어떻게 올라갔어?"

혜영은 통을 바닥에 내려놨다. 에이, 귀찮게시리. 그녀는 왼쪽 벽을 발로 차고 반 바퀴 몸을 회전시키며 담장 위로 솟구쳤다. 그리고 나뭇가지를 계단처럼 가볍게 밟으며 단숨에 꼭대기까지 올라갔다. 바람이 불어 흔들리는 앙상한 가지 위에서 혜영은 균형을 잡았다. 몸을 날려 새끼 고양이의 덜미를 왼손으로 낚아채고 텀블링을 두 바퀴 한 후 7미터 높이 아래 내 앞에 착지했다.

혜영은 먹이통을 들고 이미 저만치 앞서갔나. 문득 뒤를 돌아봤다. 얼이 빠져 바라보고 있는 나를 향해 심드렁하게 말했다.

"뭐해요? 빨랑빨랑 안 따라오고. 아직 돌볼 고양이들이 많다고요!"

마들에서 읽다

장암행 전철 안에서 작은 소동이 벌어졌다. 그날은 상가 번영회 친목 등반 대회가 있는 날이기도 했다. 공릉역에 도착하자 노인이 차량 안으로 들어왔다. 한눈에 봐도 노숙자였다. 작은 키에 굽은 어깨, 아무렇게나 묶어 올린 긴 머리카락, 움푹 들어간 눈두덩과 홀쭉한 두 뺨. 허옇게 일어난 입술, 흙빛 피부는 터지고 갈라져 피딱지가 가득했다. 움직임으로 보아 나이가 많은 것 같진 않았지만, 얼굴만큼은 70대였다. 노인은 TV 프로그램에서 본, 온몸이 검게 비누화된 이집트 미라를 연상시켰다. 새카맣게 때가 낀 굽은 왼손으로 붉은 보따리를 들었다. 꾸러미에는 험상궂게 생긴 도깨비 문양이 그려져 있었다.

남자는 출구에 서서 주위를 잠시 둘러보았다. 차량의 한쪽 끝에서 반대편 끝으로 휘적휘적 돌아다녔다. 승객 한 사람, 한 사람, 얼굴을 빤히 쳐다보았다.

"커, 없구먼, 없어. 살아 있는 이가 없어."

그는 혀를 차며 말했다. 앞니 하나가 빠진 잇몸을 드러내며 이죽댔다. 빈자리에 가 털썩 주저앉았다. 몸에서 비에 젖은 음식물 쓰레기 냄새가 났다. 주변 사람들은 하나같이 인상을 구겼다. 곁에 있던 젊은 여자는 벌떡 일어나 출입구 쪽으로 가 섰다. 우리 일행도 코를 쥐어 잡고 고개를 돌렸다.

난 노인을 유심히 관찰했다. 낯설지가 않았다. 행색이 궁색하긴 하지만 분명히 남자는 그를 똑 닮았다. 그의 오른손이 보고 싶어졌다. 왼쪽은 보따리를 쥐고 있었지만, 오른쪽은 잠바 주머니 안에 들어있었다. 오른손은 평생 꺼내 보고 싶지 않은 아픈 기억처럼 깊숙이 감추어져 있었다.

수락산이 있는 장암역에 가까워질수록 역 간 이동 시간은 길어졌다. 승객 수도 점점 줄어들었다. 노인은 안고 있던 꾸러미를 풀기 시작했다. 낡은 책 몇 권이 나왔다. 책 사이에서 무언가를 꺼냈다. 빛바랜 종이였다. 그는 위에 알아보기 어려운 한자를 휘갈겨 썼다. 종이를 네 번 접었다. 빳빳하게 세웠다. 한쪽 끝을 왼손으로 꼭 쥐었다. 눈을 지그시 감고 무어라 중얼거리기 시작했다. 발음이 분명하지 않아 알아들을 수는 없었다. 목소리가 점점 커졌다.

악! 노인의 행동을 의심스럽게 쳐다보던 맞은편 할머니가 비명을 질렀다. 동시에 그가 쥐고 있던 종이가 허공을 가르며 날아갔다. 종이는 전철 문과 문, 갈라진 틈 중앙에 그대로 달라붙어 버렸다. 마치 고성능 모터를 가진 진공청소기가 출입구 뒤에서 종이를 빨아들이는 것처럼 보였다.

찰나의 순간, 내 시신경은 카메라 플래시가 터질 때 보이는 빛 같은 것을 감지했다. 섬광 때문에 눈앞에 뿌연 달이 멍하니 떠올랐다. 조끼 윗주머니에 넣어 둔 전자시계의 버튼이 눌려 라이트가 켜진 것은 아닐까? 시계를 꺼내 봤다. 액정 화면은 까만 크레디트 숫자로 그려진 현재 시각만을 무심히 보여 주고 있었다.

눈이 휘둥그레진 사람들은 노인을 쳐다봤다. 토끼 이빨을 한 여학생은 어머, 어머, 소리를 지르며 휴대 전화로 껌딱지처럼 달라붙은 종이를 찍었다. 그 바람에 옆에서 졸던 젊은 남자가 잠에서 깼다. 웅성거림은 다음 역에 도착할 때까지 계속되었다.

"이번 역은 마들, 마들역입니다. 내릴 실 문은 오른쪽, 오른쪽입니다."

노인은 보따리를 다시 주섬주섬 싸기 시작했다. 엉덩이를 툭툭 털면서 자리에서 일어났다. 거들먹대며 주변 사람들을 쓱 한번 둘러봤다. 큰 소리로 말했다.

"이젠 화마(火魔)가 피해 갔소이다. 여기 타신 분들 오늘 운 좋은 줄 아쇼. 나 때문에 모두 살아남았으니까."

노인은 킥킥댔다. 낮고 음침한 웃음소리가 그의 입속에서 맴돌다 제 목구멍 너머로 사라졌다. 만면에는 기고만장함과 장난스러움이 동시에 스쳐 지나갔다.

출구가 좌우로 일제히 열렸다. 문에 붙어 있던 종잇조각은 바닥으로 툭 떨어졌다. 사람들이 썰물처럼 내리고 밀물처럼 들어왔다. 남자는 출입문을 빠져나갔다. 계단으로 향했다. 나는 그의 모습이 사라질 때까지 눈 한번 깜빡이지 못하고 바라보았다. 혹시나 오른손을 볼 수 있진 않을까? 하지만 손은 여전히 주머니 속에 숨겨져 있었다.

노인의 행동을 한 손으로 턱을 괴고 유심히 관찰하던 수학 학원 원장 아저씨가 벌떡 일어났다. 바닥에 떨어진 종이를 주워 들었다. 병균이라도 묻은 듯 엄지와 검지 끝으로 잡고 살펴봤다. 종이 뒤쪽으로 연결된 무언가가 길게 늘어져 있었다. 자세히 보지 않으면 눈에 띄지 않을 정도로 가는 줄이었다. 줄을 잡고 흔들었다. 종이는 공중에 뜬 채로 빙글빙글 돌았다.

"저런 사기꾼 놈, 어디서 구라를 치시나?"

수학 선생님답게 아저씨는 꼼꼼했다. 노인이 열차 칸에 처음 들어섰을 때도, 사람들을 쳐다보며 너스레를 떨 때도, 알 수 없는 말을 던지고 사라질 때도 한결같은 자세로 그를 바라봤다. 물론 눈앞에서 종이가 솟구쳐 날아올라 문에 철썩 달라붙었을 때는 아주 잠깐 입가가 파르르 떨렸지만 말이다.

"작은 고리 같은 것을 벽에 붙이고 고리를 통해 줄을 연결했겠지. 그리고 적당한 타이밍에 이렇게 확 잡아당겨졌을 것이고. 이런 종류의 스트링 트릭은 삼류 마술사도 하는 거야. 참 내, 아침부터 별 잡놈을 다 보네. 저런 관심 병자들은 싹 다 병원에 처넣어야 하는데."

원장 아저씨는 이런 쪽을 꽤 잘 알고 있었다. 집중력이 흐트러진 학생들을 위해 수업 중 종종 마술 이벤트를 벌이는 그였다. 난 눈을 크게 뜨고 종이를 봤다. 종이에 붙어 있는 줄은 노인이 앉아 있던 자리에서부터 벽을 따라 출입문까지 연결하기에 턱없이 짧았다. 나머지는 끊어져 버린 것일까? 승객들이 어리둥절한 틈에 슬그머니 자기 주머니 속에 주워 넣은 걸까?

일행 중 유일한 여자인 편집숍 아줌마가 내 손을 잡았다. 등산용 장갑을 낀 손이 심하게 떨렸다. 이마에 식은땀이 흘렀다.

"…보살님이, …조심하라고, 알, 알려 준 것이, 있었어."

내 귀에 대고 조그맣게 말했다. 단어와 단어 사이에는 불편한 짧은 호흡이 끼어있었다. 그녀의 낯빛은 흐렸다. 간신히 말을 이어갔다. 다음 역은 본 열차의 종착역인 장암, 장암역입니다. 아줌마 목소리는 안내 방송 소리에 부서져 버렸다. 상가 번영회 회원들은 가방을 짊어지고 하나, 둘 자리에서 일어났다.

* * * *

햄버거 진열장 뒤쪽에 놓아둔 전자시계 램프가 느리게 깜빡이기 시작했다. 일이 너무 바빠서 정지 버튼조차 누르지 못했다. 급기야 시계는 클럽 천장에 붙어 있는 사이키 조명처럼 미친 듯이 번쩍거렸다. 당장 멈추지 않으면 이 친구는 배터리가 떨어질 때까지 빛의 난동을 멈추지 않을 것이다. 늦은 저녁을 먹으러 온 손님에게 불고기버거 세트 메뉴를 조리해 내보내고 나서야 겨우 스위치를 껐다. 시각을 보았다. 밤 11시 5분 전. 직원 휴게실로 가 옷을 갈아입었다. 시계를 잠바 안주머니에 넣었다. 접착제로 붙여 놓은 인동꽃 장식이 또 떨어질까 문득 걱정됐다. 주머니 속에 손을 넣었다. 매끈한 표면 위로 오톨도톨한 플라스틱 꽃잎과 수술이 만져졌다.

알람을 소리 대신 빛으로 설정한 것은 다 그 남자 때문이다. 내가 초등학교 때, 우리는 다시 마들리를 찾았다. 고향에 왔을 땐 나와 남자는 거지와 다름없었다. 마을 사람들조차도 바로 알아보지 못했다. 그들은 그저 뜨내기 부랑자 중 하나라 생각했다. 1년 넘게 길거리를 전전하던 삶은 우리를 그렇게 만들어 버렸다. 농사나 지으며 살겠다는 생각은 남자에게 애초부터 없었다. 두 달이 넘도록 아무 일도 하지 않고 빈둥거리기만 했다. 그러다 어디론가 나가기 시작했다. 며칠 집을 비웠다 돌아올 때면 양손 가득 선물을 들고 왔다. 얼굴에 자신감이 가득했다. "돈은 뒤통수에 붙어 돌아댕기는 겨!" 남자는 그렇게 떠들고 다녔다. 그땐 그의 말이 옳은 줄 알았다. 난 그를 항상 믿었으니까.

남자는 몇 차례 판만 돌면 패를 읽어 냈다. 언제 쌍피를 낼지, 언제 쇼

당을 치고 빠질지를 상대방 표정만 보고도 정확하게 맞췄다. 처음에는 곧잘 집으로 남들 '뒤통수에 붙어 있던 돈'을 가져왔다. 그 돈은 그를 마을에서 제일 중요한 인물로 만들었다. 마을 잔치나 경조사 때면 남자는 어김없이 두툼한 돈 봉투를 내밀었다. 마들리 사람들은 그와 친해지기 위해 애를 썼다. 하지만 화양연화는 그리 오래가진 못했다.

중학교 때 읍내 성인 오락실 문 앞에서 두들겨 맞는 남자를 봤다. 오락실 주인 배불뚝이 사장과 짧은 머리 덩치들 서넛이 둘러싼 채 주먹질을 해 댔다. 사장은 멱살을 잡고 흔들었다. 남자의 팔다리는 부잣집 막내아들이 가지고 놀다 버린 부서진 장난감 로봇처럼 덜렁거렸다. 사장은 뺨을 후려쳤다. 남자의 안주머니에서 칩들이 와르르 쏟아졌다. 흙바닥에는 플라스틱으로 만든 알록달록한 꽃이 피었다. 난 담벼락 뒤에 숨어서 그를 바라보고 있었다. 남자와 시선이 마주쳤다. 두 눈은 애처롭게 내게 말했다.

가라. 어서 가.

안을 볼 수 없게 검게 칠해져 있는 오락실 창문. 반쯤 열린 출입구. 그 틈으로 요란하게 흘러나오는 파칭코의 전자음. 쏟아져 나오는 동전 소리. 빠른 템포의 자극적이고 반복적인 멜로디. 그 구역질 나는 8비트 전자음을 나는 지금까지 기억하고 있다.

남자는 집을 나갔다. 그날 이후, 문턱이 닳도록 우리 집을 찾던 마들리 사람들의 발걸음도 뚝 끊겼다. 험상궂게 생긴 몇 명만 남자가 집에 있는지 확인하러 가끔 들렀을 뿐이었다. 나는 한 발자국도 집 밖으로 나가지 않았다. 매끼 라면만 끓여 먹고 종일 TV만 보았다. 옆집 개 짖는 소리, 집배원 오토바이 소리, 자동차 경적, 온갖 기척에 문틈으로 밖을 살폈다. 잠을 잘 때도 소리를 잘 듣기 위해 문을 조금 열어 두었다. 남자가 다시 돌아온 것은 겨울이었다. 12월 몹시 추운 밤이었다. 마들리에 처음 왔을 때와 똑같은 몰골이었다. 그는 나를 보자마자 꼭 안아주었다. 옷에서 젖은 개 냄새가 났다. 하지만 역하지 않았다. 뺨을 어루만지는 그의 손은 얼음처럼 찼다. 그것이 너무 낯설어 나는 그의 오른쪽 손가락 세 개가 사라진 줄도 몰랐다. 남자가 돌아온 것만으로도 우리 집 마당에는 꽃이 피었다.

선배와 함께 서울로 올라오던 날, 남자는 꼬깃꼬깃한 만 원을 꺼내 선물을 사 주었다. 전면에는 작은 버튼 세 개와 전자 램프가 있고 촌스러운 플라스틱 인동꽃이 붙어 있는 노란색 휴대용 전자시계였다. 읍내로 나가는 마들리 버스 정류장 앞에서 남자와 작별 악수를 했다. 두 손가락만 있는 손과 악수하는 느낌은 다신 잎사귀를 피울 수 없는 메마른 나뭇가지를 잡고 흔드는 것과 비슷했다.

＊　＊　＊　＊

지하철을 탔다. 장암행 두 번째 차량인 제7509호다. 밤 11시 24분, 퇴근길 막차는 언제나 같은 칸에 올랐다. 도착하는 위치 바로 앞에 에스컬레이터가 있다는 것은 핑계였다. 사실은 강박에 가까운 성격 때문이었다. 정해진 시각에, 정해진 위치에 내리지 않으면 며칠 동안 원인 모를 불안에 떨었다. 같은 시각에 퇴근하는 상가 사람은 둘이 더 있다. 수학학원 원장 아저씨와 편집숍 아줌마다. 아저씨는 도봉산역에서 내리고 아줌마와 난 종점인 장암역에서 내린다. 언제나처럼 셋은 제7509호 두 번째 차량에 나란히 앉아 갔다.

편집숍 아줌마는 계산기 버튼을 열심히 눌러대며 장부의 대차대비표를 확인했다. 감출 수 없는 나잇살이 허리와 허벅지에 몰려 있었지만, 보톡스 덕에 얼굴 피부는 고무공처럼 탱탱했다. 그녀는 상가 내에서 제일 큰 매장을 가졌다. 매출도 상당했고 상가 번영회에 기부도 많이 했다. 덕분에 지역 여성 상인 회장직까지 맡고 있다. 태생적으로 말이 많은 아줌마는 묻지도 않은 이야기를 자주 내게 늘어놓았다. 요즘은 성수동 처녀 보살 이야기를 자주 했다. 아줌마는 처녀 보살의 명이라면 무조건 믿고 따랐다.

"내가 여름에 벤츠 뽑았잖아. 그래서 차에 넣어 두려고 '삼재소멸부' 하나 써 주세요, 라고 했더니, 글쎄, 당분간 지하철만 타고 다니라고 하시더라고. 올해 말까진 대중교통을 이용해야만 화마를 피할 수 있다면서 말이야. 에이, 괜히 차 뽑았어. 이럴 줄 알았으면 그 돈으로 맛있는 거나 사 먹는 건데. 만날 주차장에 처박아 두고 있고. 전번 주에 만나 뵐 때 이젠 좀 몰고 다녀도 되지 않을까요, 여쭈어봤지만 절대 안 된대."

"그럼 그 차, 나나 빌려주쇼. 내가 끌고 다니게."

원장 아저씨는 코웃음을 쳤다. 처녀 보살 이야기 작작 좀 하라고 핀잔을 주었다. 아저씨는 낡은 가방에서 두꺼운 책을 꺼내 읽기 시작했다. 슬쩍 내용을 보았다. 장마다 파란색, 노란색, 빨간색 형광펜이 칠해져 있었다. 깨알 같은 수학식이 빈 면에 가득했다. 그는 아침부터 늦은 밤까지 숫자와 기호로 만들어진 세상에서 살고 있었다.

차량 안을 둘러보았다. 모든 것은 월셋집 주인아줌마 방에 걸린 촌스러운 괘종시계의 추처럼 규칙적이었다. 귀에 이어폰을 나누어 끼고 홍얼거리는 여고생들, 나란히 앉아 스마트폰으로 드라마를 시청하는 연인, 피곤한 얼굴의 넥타이 부대…. 이십여 명의 승객은 쇳덩어리 안에 자신을 맡긴 채 장암역을 향해 가고 있었다.

공릉역에 도착했다. 출입문이 김빠지는 소리를 내면서 열렸다. 그가 성큼 올라탔다. 노숙자 노인이었다. 더러운 털모자와 목도리를 했다는 점을 빼고는 그때와 같은 몰골이었다. 난 단박에 알아봤지만, 옆자리 편집숍 아줌마는 휴대폰으로 사주팔자를 읽느라 그의 등장을 눈치채지 못했다.

남자는 우리가 있는 곳과 가장 먼 차량 끝으로 가 앉았다. 앉자마자 두 눈을 감았다. 미간에 세 줄 굵은 골이 파였다. 버짐이 덕지덕지 오른 입술은 꽉 다물고 있었다. 보따리는 무릎 위에 올려져 있었고 오른손은 주머니에 들어가 있다. 그때와 달리 노인은 아무 말도 없었다. 마들리 남자를 닮은 그에게서 난 시선을 뗄 수 없었다. 하지만 차량 안 승객 누구도 그에게 관심을 두지 않았다.

* * * *

전철이 터널 안에서 멈췄다. 노원역과 마들역 사이 지하 터널에서였다.

"승객 여러분께 안내 말씀드리겠습니다. 열차가 전기 공급 문제로 잠시 멈추어 섰습니다. 문제가 해결되는 대로 운행 재개하겠습니다. 대단히 죄송합니다."

유튜브 뮤비를 보던 여학생이 말했다.

"아, 존나 피곤한데, 빨랑 좀 가지."

옆 친구가 대답했다.

"그러게 말이야."

"개짜증 나게. 왜 멈추고 지랄이야."

"…근데, 갑자기 무슨 생각났다."

"뭐?"

"너 그거 아니, 예전에 대구에서 지하철 화재 크게 났을 때, 그때도 터널 안이었거든?"

"미친년! 재수 없게 그런 얘기를 왜 지금 해!"

둘은 썰물에 쓸려 가는 바닷가 몽돌처럼 까르르 웃었다.

편집숍 아줌마는 휴대 전화를 껐다 켰다를 반복했다. 앉은 자세를 이리저리 바꿨다. 일어나 자리 앞을 서성였다. 패딩의 지퍼를 목까지 채워 올리려고 손잡이를 위로 잡아당겼다. 하지만 옷감이 끼였는지 위로 올라가지 않았다. 옷 양 끝단을 잡고 다시 세게 위로 올렸다. 투두둑. 지퍼의 이가 어긋나면서 손잡이가 패딩 안쪽으로 말려 들어갔다. 하지만 아줌마의 오른손은 사라진 손잡이를 찾아 계속 옷을 더듬었다. 그녀의 초점이 심하게 흔들렸다.

실내등이 갑자기 꺼졌다. 꺼진 등에서 전기 해충 퇴치기에서 모기 튀겨내는 소리가 났다. 누군가 비명을 질렀다. 순식간에 주변이 어둠에 잠겼다. 몇 초 후 비상등 하나가 켜졌다. 맞은편 출입구 위쪽의 누런 조명이 힘들게 차량 내 어둠을 밀어내고 있었다. 서로의 얼굴이 흐릿하게 보였다.

"젠장, 이거 왜 이래? 이러니 안전 점검 불감증이니 뭐니 언론에서 떠들어대지."

원장 아저씨가 투덜거리며 자리에서 일어났다. 비상시에만 사용하라는 글이 적힌 스피커폰 앞에 섰다. 버튼을 눌렀다. 아무런 반응이 없다. 신경질적으로 몇 차례 더 눌렀다. 저주파 음이 흐르다 철컥 소리가 났다.

"네, 승객님, 무슨 일이시지요?"

굵은 남자 목소리가 잡음과 함께 흘러나왔다.

"이봐요, 갑자기 조명이 나갔어요."

"예?"

"실내등이 꺼졌다고요. 아니, 퍽 소리를 내면서 깨진 것 같아요."

"그럴 리가요? 여기 계기판에는 이상 없는데…."

"뭐요? 이 열차는 제때 점검도 안 해요?"

큰소리가 스피커에서 났다. 무언가 넘어지는 소리였다. 원장 아저씨는 깜짝 놀라며 뒤로 물러났다. 잠시 스피커폰을 살펴봤다. 다시 마이크에 입을 가까이 대고 말했다.

"여보세요!"

철판을 긁어대는 소음이 벽 너머에서 흘러나왔다.

"안 들려요?"

원장 아저씨의 얼굴이 일그러졌다.

"이 사람들, 점잖게 이야기해서는 안 되겠구먼."

휴대 전화를 꺼내 어디론가 전화를 했다. 한참을 귀에 대고 있었다.

"터널이래서 안 터지나? 젠장, 요즘도 접속 안 되는 지역이 다 있네."

차량 내 유일한 불빛인 비상등 아래로 승객들이 하나, 둘 모여들기 시작했다. 하지만 노인은 그러지 않았다. 빛이 닿지 않는 반대편 차량 끝에 그의 어스름한 실루엣은 미동도 없이 앉아 있었다.

시간이 계속 흘렀다. 이젠 누구도 말을 하지 않았다. 전화도 인터넷도 되지 않는 터널 속에서 서로 얼굴만 마주 보고 있었다. 두려움이 뒤섞인 적막한 숨기척이 구더기처럼 바닥을 꾸물꾸물 기어갔다. 난 잠바 안주머니에서 전자시계를 꺼냈다. 인동꽃 장식 아래 램프가 반짝거렸다. 내가 즐겨보는 연예 토크쇼 프로그램을 시작할 시각이다. 지난주 예고편에서 오늘 나올 게스트를 언급했는데. 누구였더라. 도통 기억이 나질 않았다. 가수였나. 배우? 개그맨? 난 어둠 속에서 사라진 기억을 찾아 헤매기 시작했다.

"…아니야. …대중교통을 이용하면 …괜찮다고 했어."

편집숍 아줌마의 목소리가 가늘게 떨렸다. 말본새가 누군가에게 애원하는 것처럼 변해갔다. 낯빛은 어두웠다. 아랫입술이 푸르게 변해 있었다. 아줌마는 가슴을 움켜쥐며 바닥에 쓰러졌다. 손과 발이 심하게 경련을 일으켰다. 허리가 활처럼 휘기 시작했다. 사람의 몸이 어떻게 저렇게 구부러질 수 있을까. 보고도 믿을 수 없었다. 양복을 입은 남자가 달려왔다. 그는 아줌마를 바로 눕히려 애를 썼다. 발작은 더 심해졌다. 입에서 허연 거품이 흘러나왔고 눈 검은자위가 위쪽으로 돌아갔다. 오른손은 가지처럼 휘어졌는데 팔꿈치가 어깨에 붙어 버렸다. 고개는 이미 한쪽으로 꺾였다.

"간질인 것 같아요."

양복 남자는 손수건을 꺼냈다. 아줌마 입속에 쑤셔 박아 발광하는 혀가 기도를 막지 못하게 했다.

원장 아저씨는 스피커폰으로 달려갔다. 버튼을 마구 누르다 구멍 뚫린 부분을 주먹으로 쳐 댔다. 왜곡된 소리만 계속 들렸다. 금속 아우성은 오래된 테이프를 재생하는 것처럼 빨라졌다, 느려지기를 반복했다.

"무슨 냄새 나지 않니?"

누군가의 말에 아줌마를 둘러싸고 웅성대던 승객들이 일시에 침묵했다. 정체불명의 냄새는 분명히 이 안에 존재했다. 순식간에 매캐한 기운이 실내에 가득 찼다. 콧속 후각 세포 하나하나에 소름이 돋아 올랐다.

쾅쾅쾅. 묵직한 물체가 열차 바깥쪽을 때렸다. 전철이 기우뚱했다. 서 있던 승객들이 한쪽으로 모두 넘어졌다. 반대편에 앉아 있던 사람들과 부딪히며 뒤엉켰다. 돌덩어리 수십 개가 창문을 깨고 안으로 쏟아졌다. 비명이 터널을 따라 열차의 출발점과 도착점을 향해 퍼져 나갔다. 누군가 출입구 옆 비상 개폐 장치를 찾았다. 어떤 이는 슬라이딩 도어를 힘으로 열려고 용을 썼다. 몇 명은 깨진 창문을 통해 탈출을 시도했지만 계속 밀려들어오는 흙더미 때문에 그것은 불가능했다. 창밖을 쳐다보았다. 주변은 칠흑 같았다. 무작정 밖으로 뛰어나갔다가는 바닥없는 심연으로 추락할 것만 같았다. 차량 내 유일한 비상등이 퍽하고 꺼졌다.

열차 안은 세상에서 가장 완벽한 어둠으로 채워졌다. 타는 냄새가 더 짙어졌다. 열차 외벽을 때리는 충돌 소리는 더욱 커졌다. 출입구 문틈에서 노랗고 빨간 불꽃이 뿜어져 올라왔다. 불길의 움직임은 뱀 혓바닥처럼 보였다. 열기가 코앞까지 느껴졌다. 날름거리는 그놈은 소름 끼치는 소리를 내면서 제7509호 안으로 들어오려 했다. 밖에서부터 스며든 연기가 천정을 따라 흘렀다. 출구 옆면이 녹아내리기 시작했다. 사람들은 불길을 피해 반대편으로 한꺼번에 달아났다. 남자의 발등을 밟은 여자 하이힐, 여자의 등을 덮치는 남자의 무릎, 그 위로 쏟아지는 누군가의 몸뚱어리. 비명과 고함, 아우성과 울음소리가 뒤섞여 터졌다. 이제 두려움에 떨지 않는 사람은 없었다. 열차 안은 곧 섭씨 오만 도의 불덩어리 화로가 될 것이다. 우린 모두 재가 될 것이다. 손톱 하나, 머리카락

하나, 살점 하나, 뼛조각 하나 남지 않은 한 줌의 재가.

　전철 맨 끝, 어둠 속에서 사람의 형체가 보였다. 노인은 제자리에 서 있었다. 기울어진 바닥에서 손잡이나 기둥에도 의지하지 않은 채였다. 그는 허공에 떠 있는 것처럼 보였다.

　"살고 싶은 자는 내게 오시오!"

　그의 외침은 울려 퍼졌다. 노인의 실루엣은 안을 가득 메운 먼지와 연기 때문에 흐리터분했다. 언뜻언뜻 비치는 눈빛만이 어둠 속에서 번뜩였다. 안광은 모든 것을 꿰뚫어 보고 있었다.

　가라. 어서 가.

　노인의 눈은 그렇게 계속 내게 말을 걸었다. 남자의 오른손은 어느새 주머니에서 나와 있었다. 천천히 움직이는 남자의 손. 손가락이 보이지 않는 손. 그의 손바닥 위에 작은 빛이 나타났다. 처음엔 반딧불만 하더니 점점 커지기 시작했다. 노란색에서 붉게, 푸르게, 노랗게 경광등처럼 색을 바꿔 나갔다. 그 빛살이 만들어지는 과정을 의심하는 자는 이곳에 아무도 없었다. 빛은 부정할 수도 없었고, 선택할 수도 없었다. 빛은 어둠 앞에서도 시들지 않았다. 벽에 단단히 박힌 나사못처럼 꿈쩍도 하지 않았다. 난 모든 것이 혼란스러웠다. 그의 손을 잡고 싶다는 생각에 사로잡혔다. 앞으로 나아갔다. 두 손을 뻗었다. 손가락 사이로 어둠이 빠져나갔다. 미꾸라지 표피 같은 검은 미끈거림은 노인이 만들어 낸 광명을 향해 아주 느리게 날아갔다.

　왼쪽 어깨에 심한 통증을 느꼈다. 내 어깨를 잡는 억센 손아귀의 힘. 그 주먹심은 날 거칠게 뒤로 당겼다. 검은 그림자가 내 몸을 발판 삼아 앞으로 나갔다. 나는 구석으로 나뒹굴었다. 검은 그림자는 남자를 향해 움직였다. 불빛에 노출된 바퀴벌레처럼 재빨랐다. 그는 원장 아저씨였다. 혼돈 속에서 사기꾼 관심 병자를 향해 기어가는 아저씨의 모습이 또렷이 보였다.

순식간이었다. 모든 사람은 노인을 향했다. 지금 살고 싶은 자들은 그에게 가길 원했다. 마치 막혔던 하수관이 뻥 뚫리면서 고인 구정물이 빠져나가는 것처럼 그들은 한 덩어리가 되어 움직이기 시작했다. 곳곳에서 악다구니를 쓰는 소리가 들렸다.

귀청을 때리는 폭발음이 출입구 쪽에서 났다. 철판이 반으로 갈라졌다. 불규칙하게 찢어진 금속 단면이 짐승 아가리처럼 벌어졌다. 그 속에서 무수히 많은 빛이 별처럼 떠올랐다. 빛은 사방으로 흩어졌다. 빛은 사람들을 비췄다.

＊　＊　＊　＊

"다들 괜찮아요?"

뿌연 먼지를 뚫고 목소리가 튀어나왔다.

"모두 괜찮은 건가요?"

젊은 남자의 목소리였다. 가운데가 벌어진 출입문 사이에서 손도끼가 불쑥 들어와 옆면을 강하게 찍었다. 문을 좌우로 벌려 입구를 확보했다. 차량 안으로 사람들이 기어들어 왔다. 랜턴의 광선이 구석구석을 비췄다. 승객들은 손으로 눈을 가렸다. 산소 탱크, 마스크, 절단기, 방화복으로 무장한 소방관이었다. 그가 말했다.

"터널 붕괴 사고가 발생했습니다. 지금 곧 대피하십시오!"

승객들이 한꺼번에 출입문으로 몰렸다. 서로 나오려다 다시 난장판이 되었다. 요원이 소리쳤다.

"한 분씩, 차례차례 나오세요. 거기 발아래 조심하시고!"

가슴에 매달린 무전기가 요란하게 떠들어 댔다. 칙, 마들역까지 정리되었습니다. 칙, 유독 가스 제거 중, 신속히 대피 바람. 치익.

젖은 수건을 한 장씩 나눠 줬다. 모두 입과 코를 가렸다. 대원의 지시에 따라 여자들이 먼저 내렸고 그 뒤를 남자들이 따랐다. 편집숍 아줌마는 맨 먼저 들것에 실려 나갔다. 선두 대원이 나아갈 길을 랜턴으로 비춰 줬다. 승객들은 줄줄이 그 빛을 따라 레밍처럼 움직였다.

걸어 나오다 뒤를 돌아보았다. 대원 한 명이 차량의 모든 유리창을 손도끼로 깨뜨리고 있었다. 몇 명은 고압산소 절단기로 반대편 출입구에 구멍을 내기 시작했다. 기다란 파이프 끝에서 나오는 세찬 불은 철판을 시뻘겋게 녹이며 절단했다. 다른 대원들은 추가 붕괴를 막기 위해 터널 내벽에 파이프와 넓적한 판으로 지지대를 세우고 있었다. 이곳을 떠나는 이들의 울음소리, 기침 소리, 발걸음 소리가 마들역 승차장 쪽으로 메아리쳤다.

"오늘 밤 자정쯤, 지하철 7호선 마들역 부근 터널 내벽이 붕괴하는 사건이 발생했습니다. 무너져 내린 수십 톤의 콘크리트가 열차와 충돌해 열차가 탈선하고 전복되었습니다. 구조대원들이 긴급 투입되어 터널에 갇힌 승객들을 현재 구출하는 중입니다. 이 사고로 운행 중이던 상하행선 열차의 전원이 차단되었고 합선에 의한 화재도 발생하였는데…."

기자의 멘트는 계속 이어졌다. 마들역 주변은 사고 현장만큼 어지러웠다. 지하철 직원, 경찰, 소방관, 응급 구조대원들이 뒤섞여 분주했다.

폴리스 라인 너머로 검은 연기가 솟구치는 계단 입구가 보였다. 그 광경을 방송국 카메라가 찍었다.

일부 승객들은 산소 호흡기를 낀 채 여전히 바닥 매트에 누워 있었다. 거기에 편집숍 아줌마도 보였다. 정신이 오락가락하는 와중에도 손에서 장부를 놓지 않았다. 학원 원장 아저씨는 관계자로 보이는 사람에게 언성을 높였다. 그의 굵은 목에 핏대가 서렸다. 아줌마를 도와주던 양복 남자는 자리를 빙글빙글 맴돌며 어디론가 전화를 하고 있었다. 여고생들은 구석에 웅크리고 앉아 울먹였다. 번진 마스카라 위로 검은 눈물이 흘러내렸다.

난 주변을 살폈다. 그가 보이지 않았다. 마들역 1번 출구를 뚫어지게 보았다. 나오는 사람은 이젠 더 없었다. 소방관에게 물었다.

"모두 구조됐나요? 쿨럭."

입을 벌릴 때마다 마른기침이 튀어나왔다.

"네. 전원 안전하게 구조되었습니다."

"진짜로 저 아래 사람이 더 없나요? 쿨럭."

"일행이 있습니까?"

"남자 한 명이 안 보이는 것 같아요. 쿨럭, 쿨럭."

그는 대책 본부에 무전기로 확인을 했다. 지하 터널에 더는 사람이 없다는 답변만 돌아왔다.

주변을 둘러보았다. 바닥에 누워 있는 이들을 한 명씩 살폈다. 환자가 응급차에 실릴 때마다 쫓아가 얼굴을 확인했다. 목이 아팠다. 기침이 더 잦아졌다. 침을 뱉었다. 검은 가래가 섞여 나왔다. 난 불안해지기 시작했다. 모든 것이 제자리로 돌아간다 해도 지금 내 안의 검은 덩어리는 사라지지 않을 것만 같았다. 바지 주머니 위를 더듬었다. 아무것도 잡히지 않았다. 점퍼 주머니, 카디건 속주머니, 심지어 속옷 안 어디에도 없었다. 아버지의 유일한 유품, 알람 시계가 어디 있는지, 나는 찾아야만 한다. 마들리에서 기억을 잃은 것처럼 또다시 잃을 수는 없었다. 내 손은 끊임없이 온몸을 더듬었다.

회전초

아내가 사라졌다는 것을 안 것은 다음날 오후였다. 밤샘 작업을 끝내고 오니 집은 비어있었다. 그날도 바람이 몹시 불었다. 일기 예보에서는 10년 만에 오는 강풍이라고 했다. 베란다 창문이 부서질 듯이 덜컹댔다. 아내의 방을 열어 보았다. 정리되지 않은 채 쓰레기더미처럼 쌓인 책들. 끈으로 묶어 놓은 오래된 종이 뭉치. 새 깃털처럼 벽 한 면을 덮은 노란 포스트잇. 모든 것은 그대로였다. 앉은뱅이책상 위에 늘 놓여 있던 두꺼운 대학 노트가 아내와 함께 증발했다는 것을 제외하고는.

부엌으로 갔다. 식탁 위에 김치, 찬밥, 미역국이 보자기에 덮인 채 웅크리고 있었다. 옆에 빛바랜 그림엽서 한 장이 놓여 있다. 아내가 좋아했던 그림이다. 엽서를 뒤집어 보았다. 손으로 쓴 글이 적혀 있었다. 재차 읽어도 그 의미를 알 수 없었다. 아내에게 전화를 걸었다. "고객님의 전화가 꺼져 있어 통화가 되지 않습니다." 짜증스러울 만큼 친절한 젊은 여자의 목소리가 반복해 들렸다.

샤워 후 속옷을 갈아입었다. 차려 놓은 밥과 국을 전자레인지로 데웠다. 미역국 냄새가 진동했다. 오늘 내 생일이라는 것은 기억하고 있었던 걸까? TV를 보며 늦은 점심을 먹었다. 홈쇼핑 광고 채널에서 새로 나온 전기밥솥을 소개했다. 이제 겨우 3분 남았고 준비한 물량이 거의 다 떨어져 간다는 협박성 멘트를 듣다가 다른 채널로 돌렸다. 재탕, 삼탕 주말 드라마, 웃기지도 않는 코미디 프로, 어떻게든 좌우 편 가르기를 강요하는 시사 토론…. 기계적으로 채널 버튼을 눌렀다.

어둑해질 때까지 아내는 오지 않았다. 사장의 잔뜩 찡그린 얼굴이 떠올랐다. 난 곧 다시 회사로 가야 한다. 코앞에 닥친 시연 준비 때문에 편히 쉴 시간 따윈 없다. 가방을 챙겨 들고 거실 불을 껐다. 익숙한 침묵이 실내를 채웠다. 아내의 공간, 책이 가득한 방의 문을 닫았다.

- 미역국 잘 먹었어.

포스트잇에 적어 방문에 붙였다. 현관문을 열고 밖으로 나갔다.

경찰서를 찾아가는 것은 늘 괴로웠다. 핸드폰 채팅에 정신이 팔린 뚱뚱한 경찰에게 말을 거는 일은 더욱 그러했다. 남자는 내가 안으로 들어온 것조차 모르는 것 같았다. 히죽거리며 누군가와 계속 메시지를 주고받고 있었다. 일부러 인기척을 냈다. 남자는 화들짝 놀래고는 재빨리 핸드폰을 뒤집어 책상 위에 내려놓았다.

"무슨 일로 오셨습니까?"

"실종 신고하려고요."

"누구를요?"

"아내요."

"실종 신고요? 가출 신고요?"

목소리에 약간의 짜증이 묻어나 왔다. 내 대답을 듣기도 전에 그가 말했다.

"실종 신고는 범죄와 뚜렷한 관련이 있어야만 할 수 있어요. 그냥 단순 가출 아닌가요?"

그의 되물음이 귀에 들어오지 않았다.

"안사람이 집을 나갈 이유는 전혀 없어요. 벌써 이틀이나 지났습니다. 그러니까 핸드폰 위치 추적 같은 거로 찾아 주시면….”

갈퀴로 낙엽을 잡아끌듯 내 말끝을 가로챘다.

"위치 추적이요? 요즘 사람들은 범죄 드라마를 너무 많이 봐서 그런지 그게 쉬운 거로 생각해요. 어린아이나 치매 노인 같은 의사무능력자를 제외한 정상인의 단순 가출 경우, 개인의 위치 추적을 하는 것은 불가능합니다. 현행 통신 비밀 보호법에는 국가 보안법과 군사기밀 보호법에 저촉되지 않는 한 사생활 보호를 위해 누구도 타인의 위치나 통화 내용을 조회할 수 없도록 명시되어 있어요. 설령 경찰이라 하더라도 정황상 어떤 범죄 혐의가 있을 경우만 관할 지방 검찰청의 승인을 얻어 조회할 수 있죠. 게다가 어떻게 위치 추적을 해서 찾았다 해도 당사자가 자기가 어디 있는지 비밀로 해 달라고 하면 그렇게 할 수밖에 없는 것이 또한 엄연한 현실입니다. 어디 가서 뭘 하든지 그건 성인의 자유의사니까요.”

서류 한 장을 내밀었다.

"그래도 가출 신고는 가능하니까 먼저 이것부터 작성하시죠. 본인 신분증하고 가족 관계 증명서는 가져오셨나요?”

책상 위에 올려놓은 경찰의 핸드폰이 부들부들 떨면서 새로운 문자가 왔음을 온몸으로 알려 줬다. 남자의 시선은 휴대 전화와 내 얼굴 사이를 연신 오갔다. 가출인 신고서 양식에는 가출 횟수, 가출 원인, 병력 사항 등을 적는 빈칸이 보였다. 나는 순간 부아가 치밀었다.

"우린, 아무런 문제도 없어요! 아내는, 그냥, 집을 나갔을 뿐입니다!”

＊ ＊ ＊ ＊

아내를 처음 만난 날을 아직도 생생히 기억한다. 아내는 베기 블루진을 입고 흰 티셔츠에 나무와 꽃이 그려진 카디건을 겹쳐 입고 있었다. 어린아이가 그린 포스터처럼 빨갛게 칠한 입술과 터치가 강해 도드라지는 뺨 때문에 오랜만에 장에 나온 시골 새색시처럼 보였다. 아내는 그런 화장법이 예쁘다고 믿는 것 같았다. 목에 걸린 목걸이가 시선을 잡았다. 가는 철사를 둥글게 말아 만든 은색 펜던트는 카페 조명을 받아 빤짝이는 작은 공처럼 보였다.

미팅 장소는 이태원 경리단길 근처에 있는 카페였다. 가게 이름은 '글쓰기 좋은 날'이었다. 나중에 알게 된 사실이지만 아내는 문학 동아리 모임을 그곳에서 자주 가졌다고 했다. 당시 난 갓 입사한 사회 초년생이었다. 공교롭게도 그날 회사에 급한 일이 생겨 늦게 퇴근을 했다. 헐레벌떡 뛰어 들어간 나를 보며 아내는 이렇게 말했다.

"괜찮아요, 덕분에 소설의 결말을 낼 수 있었어요."

그때 시곗바늘은 밤 9시를 가리켰다. 그날은 내 서른 번째 생일날이기도 했다. 카페 안에 우리 말고 손님은 없었다.

*　　*　　*　　*

"한 번만 더 해 볼까?"

사장은 똑같은 말을 반복했다. 이젠 직원들 귀에 딱지가 내릴 정도였다. 교환기 랙에서 동시에 돌아가는 수십 개 팬이 햇빛에 쏘인 동굴 속 박쥐들처럼 다투어 비명을 질렀다. 우리 회사는 통신사 IDC 센터에 들어가는 라우터와 스위치 랙을 설계, 판매하는 중소기업이다. 외국 통신 업체의 첨단 장비가 각축전을 벌이는 영동 센터에 국산 제품을 집어넣기는 하늘의 별 따기만큼 어려웠다. 슈퍼 갑인 통신사 담당자가 제품 테스트 베드에 참여할 기회를 준 것만으로도 우리 같은 작은 회사에는 행운이다. 전적으로 사장의 탁월한 영업 수완 덕택이었다. 그동안 적은 인원과 부족한 연구 개발비에도 불구하고 외산에 필적할 만한 신제품을 만들었다. 다음 주면 업체 본부장과 관계자 앞에서 첫 시연을 보여야 한다. 실험실 스트레스 테스트에서도 장비는 안정적으로 동작했다. 이 상태라면 틀림없이 좋은 결과를 얻을 것이다. 가뭄 철 논바닥처럼 자금이 바짝 마른 중소기업에서는 어떻게든 대기업에 붙어야만 생명 연장을 할 수 있다. 그런 당연한 사실을 새삼스럽게 느꼈다. 나는 프로젝트의 실무 책임을 맡고 있다. 이번에 잘만 된다면 더 나은 대우를 받을 수 있고 정말 운이 좋다면 대기업 통신사에 특채로 들어갈 수도 있을 것이다. 기회와 위기는 같이 온다고 했던가? 하필 시연이 임박한 시점, 아내는 아무 말도 없이 집을 나갔다.

사장과 함께 퇴근하다가 한잔하고 가자는 말에 근처 술집으로 향했다.

"일이 잘 풀려 회사가 잘되어야 가정에도 행복이 찾아오지. 두툼한 돈 봉투를 보란 듯이 척 내밀고 마누라 궁둥짝 두들겨 주면서 말이야. 그치? 결국, 부부관계는 돈 문제야."

사장은 잔을 채워 주며 말했다.

"와이프 걱정은 너무 말게. 여자들은 가끔 혼자이고 싶을 때가 있으니까. 우리 마누라도 툭하면 처가나 친구 집으로 며칠씩 도망갔다가 월급날만 되면 슬그머니 기어들어 오거든."

사장은 한쪽 눈을 얄망궂게 찡긋거렸다. 가출 신고 때문에 주민 센터,

경찰서 등을 돌아다니느라 근무 중 시간을 내야만 했고 그 과정에서 어쩔 수 없이 속사정을 말했다. 다행히 그는 그런 사적인 문제는 자기만 알고 있겠다며 편의를 봐주었다.

통신사 관계자와 시연 스케줄 조율을 위한 미팅 겸 점심 식사를 끝낸 후 사무실로 들어가는 길에 친구에게 전화를 걸었다. 가벼운 인사치례가 오갔다. 최대한 자연스럽게 본론을 꺼냈다.

"너 전번 동창회 모임 때 무슨 조사원인가 뭔가 이야기한 적 있지 않았어?"

"조사원? 무슨 조사원?"

"사람 잘 찾아낸다는 사람."

"아! 그거. 어느 사설 조사 업체인데 사장이 국가 정보원 출신인가 뭐라나, 하여튼 사람 하난 귀신같이 찾는대. 사기꾼 잡으려고 거기 의뢰한 지인이 그랬어. 근데 왜?"

친한 친구라도 차마 속내를 말할 수는 없었다.

"거래처 뒷조사를 좀 할 필요가 있다고 해서. 알잖아, 우리 사장 성격."

"넌 요즘 탐정 노릇도 하냐? 하하하."

친구의 웃음소리가 무인도에 밀려와 부딪히는 파도 소리처럼 들렸다. 전화를 끊을 무렵 문득 그가 물었다.

"제수씨는 요즘 어때? 퇴원 후 한 번도 못 본 것 같아."

※　※　※　※

낙원 상가 뒤쪽 후미진 골목길을 따라 한참 더 들어갔다. 마주 오는 사람과 간신히 몸을 피할 정도로 좁은 길이었다. 맞바람 때문에 똑바로 걷기도 힘들었다. 찌든 기름때가 눌어붙은 더러운 간판이 나타났다. 행복 가득 민간조사원. 사무소 이름과는 전혀 어울릴 것 같지 않은 낡은 5층짜리 건물은 엘리베이터조차 없었다. 콘크리트가 군데군데 파인 계단을 따라 올라갔다. 발소리가 통로를 따라 울려 퍼져 컹컹, 개 짖는 소리처럼 들렸다. 사장과는 미리 전화 상담을 했다. 그는 아내와 관련된 것은 사소한 것이라도 모두 가져오라 말했다. 5층 사무실 앞에 서서 바람에 헝클어진 옷과 머리를 정돈했다. 노크했다.

"들어오세요."

일제 강점기 시절에서나 볼 법한 커다란 검은 책상이 먼저 눈에 들어왔다. 귀퉁이 칠이 거의 벗겨진 나무 탁자. 햇빛에 탈색된 가죽 소파. 수사 기법 분석, 법전, 전화번호부, 경찰 업무 지침서 같은 책이 가득한 책장. 사무실 안에선 정체불명의 냄새가 났다. 노총각 체취 같기도 하고 비릿한 정액 냄새 같기도 했다. 맞은편 장식장에는 싸구려 트로피 몇 개와 감사패, 카메라, 캠코더, 마이크가 달린 도청 장치 같은 장비가 놓여 있었다. 소파에는 직원으로 보이는 젊은 여자가 앉아 있었다. 그녀는 힐끗 나를 보고, 사장님, 손님 왔어요, 라고 말했다. 이내 TV로 눈을 돌렸다. 화면은 몹시 흔들렸고 바람 소리만 들렸다. 각도와 위치로 보아 멀리서 건물 안을 찍은 영상 같았다. 여자는 노트에 무언가를 적기 시작했다.

책상과 책장 사이 벽이 열렸다. 안으로 연결된 숨겨진 입구였다. 몸을 잔뜩 구부리면서 나온 사람은 40대 중반의 남자였다. 보통 키, 단정한 머리, 무테안경, 다부진 몸매. 날렵해 보인다는 것을 빼고는 지극히 평범하게 생겼다. 어느 시간, 어느 장소에서 마주쳐도 전혀 눈에 띄지 않을 정도였다. 전화하신 분이죠? 그가 웃으면서 물었다. 작업 장갑을 벗어 책상에 탁탁 털었다. 오래된 책 냄새가 났다.

　다방 커피 두 잔을 사이에 두고 마주 앉았다. 남자의 이름은 K였다. 그는 아내의 사진과 우편물을 꼼꼼히 살폈다. 아내에 관해 이것저것 물었고 난 아는 데까지 설명했다. K는 손가락 세 개를 펼쳐 보였다.

　"가정 내 가출 원인은 딱 3종류 밖에는 없습니다. 폭행, 돈, 아니면 바람. 그런데 사모님 경우는 명확하지가 않군요. 예전엔 경제적 문제가 좀 있었지만, 지금은 그럭저럭 지낼 만하고, 가정 폭력이 있는 것도 아니고. 그럼 남은 건 바람기인데. 그것도 좀 애매하군요. …혹 뭔가 숨기신 건 아니죠?"

　나도 모르게 목소리가 커졌다.

　"내가 거짓말이라도 했다는 말인가요?"

　K는 과장된 몸짓으로 손을 저었다.

　"아! 그런 뜻이 아닙니다. 오해는 말아 주십시오. 여기 상담하러 오신 분들 대부분은 자기 배우자를 아주 잘 안다고 믿어요. 하지만 상담이 끝나고 집으로 돌아갈 때쯤에는 하나같이 똑같은 반응을 보입니다. 내가 낯선 사람과 살고 있었다, 다들 그렇게 말하죠. 그런 차원에서 한 번 여쭤본 것뿐입니다."

　K는 거의 들리지 않을 정도로 낮게 웃었다. 말을 하면서도 눈은 CT 촬영 장치처럼 내 표정을 스캔했다.

　"사모님께선 취미 같은 게 있나요?"

　"글 쓰는 것을 좋아합니다. 결혼 전부터 다니는 문학 동호회가 있어요."

"로맨스는 대개 그런 동호회에서 시작되게 마련이죠. 아무튼, 그건 조사하다 보면 알 테고….".

K는 자기 이마를 볼펜 끝으로 툭툭 쳤다.

"최근 이상한 행동 같은 것은 없었나요? 문자가 자주 온다거나, 저녁 늦게 나갔다가 온다거나, 외출할 때 화장을 짙게 한다거나."

난 고개를 저었다.

"집안은 절간처럼 늘 조용했어요. 아내는 자기 방에서 책만 읽습니다. 종일 얼굴 한 번 보기 힘들 때도 있었죠. 남들에겐 이상하게 보일지 몰라도 우리에겐 그게 평범한 일상입니다."

K는 그동안 의뢰받은 여러 사연을 이야기 해 주었다. 연하남과 바람나 도망간 부인, 사기 치고 잠적한 남편, 섹스 중독자, 알코올 중독 폭력 남편으로부터의 탈출. 사례는 끝도 없이 이어졌다. 사람을 찾을 때 어떤 방법을 쓰는지도 자세히 말했다.

"첫 번째는 인터넷으로 가출인의 흔적을 찾는 겁니다. 하지만 그건 제한되거나 잘못된 정보일 경우가 많아요. 두 번째로는 핸드폰 번호를 이용해 개인 정보를 알아내는 방법인데 다소 불법적이라 문제가 있죠. 사람 찾아 준다는 광고에 사이트 해킹, 핸드폰 실시간 위치 추적, 이런 말도 안 되는 소릴 하는 곳이 있는데 그런 놈들은 다 사기꾼입니다. 통신 사이트는 보안이 철저할 뿐 아니라 해커를 고용하는 흥신소도 흔치 않으니까요. 이미 실종 신고를 해 보셨으니 잘 아시겠지만, 핸드폰 위치 추적은 경찰조차 하기 어려워요. 하물며 민간 업체에서 한다는 것은 말이 안 되죠.

흥신소에서 애용하는 방법은 따로 있습니다. 특히 여자를 찾는 데 유용하죠. 예를 들면, 홈쇼핑을 이용하는 방법. 홈쇼핑 업체 DB에는 배송지 주소가 있고 그것은 실제 거주지일 가능성이 큽니다. 열에 아홉은 그 주소에 가출인이 살고 있다는 말이죠. ARS 자동 주문 전화가 그 첫 번째 단추입니다. 전화를 걸어 이러저러한 안내 멘트에 따라 물건을 주문합니다. 그러면 콜센터에선 이전 배송지로 배송할 것이냐고 물어요. 그리고는 친절하게도 도망간 마누라가 사는 최근 등록된 주소지를 말해주고 맞느냐고 재차 확인합니다. 그걸 받아 적으면 끝입니다.

택배 회사나 휴대폰 대리점 등을 이용하는 방법도 있어요. 대부분 흥신소는 그런 곳들과 줄이 닿아 있죠. 그래서 전화번호나 주민 등록 번호로 조회해 찾고자 하는 사람의 주소 정보를 알아냅니다. 주민 센터도 의외로 쉽게 정보를 빼돌릴 수 있는 곳이죠. 채권·채무 관계가 있다거나 민·형사 재판의 공탁, 소송 진행 과정에서 주소보정명령서 등의 사유를 대고 가출인의 주민 등록 초본을 발급받는 방법이 바로 그것입니다. 물론 몇 가지 서류를 위조하고 담당 공무원이 가장 바쁜 시간대에 가야 성공할 확률이 높아지긴 하지만요."

K는 마치 준비해 둔 것처럼 쉬지 않고 설명을 했다.

"…그런데 안타깝게도 사모님 경우는 이런 방법으로는 힘들 것 같아요. 인터넷, 홈쇼핑 등은 전혀 이용하지 않고. 폰도 선불 폰이니. 결국, 방법은 하나밖에는 없겠군요. 가장 고생스럽지만 가장 효과적인 방법, 바로 탐문이죠. 미장원, 음식점, 마트처럼 사람들이 붐비는 곳, 이런 곳을 중심으로요. 특히 중국집이나 치킨집처럼 배달 많이 나가는 데가 쓸만한 정보가 많아요. 그래서 우리 같은 사람들은 중국 음식을 좋아하지 않습니다. 지겹게 먹었거든요."

K는 커피를 홀짝거리며 마시다 테이블 위에 있는 아내의 물건 중 하나를 집어 들었다. 아내가 사라진 날, 식탁에 놓여 있던 엽서였다. 뒷면

에 적힌 글을 천천히 읽어 내려갔다.

"고통의 한 가운데에는 텅 빈 장소가 있어. 그 안엔 어찌할 바 모르는 기다림만이 존재하지. 그런데 이제 그것이 내게서 떠나려 해. 카이 미장센이 말했다."

"이 글 어디서 본 것 같은데."

K는 혼잣말처럼 중얼거렸다. 엽서를 뒤집어 그림을 보았다. 시립 미술관 로고와 날짜가 그림 아래 찍혀 있었다.

*　*　*

"이 그림을 보면 마치 눈꺼풀이 잘려 나간 것 같은 느낌이 들어요. 저 넓은 공간 앞에서요."

젊은 날 아내는 '해변의 수도승'이라는 그림 앞에 서서 그렇게 말했다.

우린 미술관에서 자주 만났다. 난 딱히 미술에 관심이 있진 않았다. 하지만 데이트 장소는 중요하진 않았다. 그저 오랫동안 함께 있을 수 있다면 그걸로 충분했다. 큐레이터는 그림 앞에서 카스파 다비드 프리드리히라는 화가와 작품에 관해 설명했다. 19세기 초반에는 찾아보기 힘든 파격적인 형식의 풍경화, 긴 모래 해변, 무섭도록 짙은 검은 바다, 전쟁터의 포연처럼 피어오르는 흑갈색 구름과 잿빛 하늘, 바다를 바라보는 수도자의 고독한 뒷모습. 관람객들이 큐레이터를 따라 이동한 후에도 그녀는 한참 동안 그림 앞에서 떠날 줄을 몰랐다. 아내는 이미 그림 안으로 들어가 있었다.

안사람은 한때 예술가가 되고 싶어 했다. 그림도 그리고 글도 썼다. 연애 시절, 자기가 쓴 글을 종종 보여 주었다. 주로 수필이었지만 가끔은 시도 썼다. 너무 관념적이고 내면의 소리에만 치중해 쉽게 읽히진 않았다. 재미도 별로 없었다. 그래도 그땐 정성을 다해 읽었고 나름 평도 해 주었다. 지금은 아내가 방에서 무엇을 쓰는지, 어떤 책을 읽는지, 무엇을 그리는지 전혀 알지 못한다. 단지 방문 너머 들리는 종이 넘기는 소리와 숨소리로 여전히 거기 존재하고 있음을 알 뿐이었다. 아내의 기척은 누구에게도 주목받지 못하는 유령의 발걸음 소리 같았다.

"공교롭게도 사모님이 가출하신 때가 11월이군요. 문청들은 11월이면 지독한 전염병에 걸려요. 그때가 신문사의 신춘문예 공고가 날 때죠. 그리고 당선 여부가 통보되는 크리스마스 전후로 대부분은 깊은 실망과 자괴감을 느끼게 되죠. 혹시 사모님이 쓰신 글이 어디 실린 적이 있나요?"

"작년에 어느 문예지에서 연락이 왔어요. 그때 집에서 제가 전화를 받아 알게 됐어요. 당선이 되긴 했다는데, 책 구매 조건으로 얼마를 입금해야지 최종 당선시켜 준다고 하던데."

K의 입가에 쓴웃음이 묻었다.

"섹스와 문학의 공통점이 뭔지 아세요? 그건 돈 주고 하면 뒤끝이 더럽다는 거죠."

그는 자신도 문창과 출신이라고 했다. 젊은 시절에는 소설에 푹 빠져 살았다고 했다. 아까 자신이 나온 문을 가리켰다. 열린 문틈으로 가득 쌓인 책들이 보였다.

"저곳이 제겐 보물 창고에요. 현실보다 더 현실 같은 이야기가 있는 비밀의 장소. 저것들, 날 잡아 정리해야 할 텐데 쉽지 않네요. 소싯적 추리 소설 작가가 되고 싶었는데. 비록 꿈을 이루진 못했지만 비슷한 직업을 가졌으니 이 정도로 만족하고 있습니다. 하하하."

그는 남은 커피를 다 마셨다.

"혹시 사모님께서 쓰신 것을 좀 볼 수 있을까요? 글의 본질은 내면의 소리거든요. 틀림없이 행방을 찾는 데 도움이 될 겁니다."

"글을 쓰는 공책도 가지고 나가서 아무것도 없을 겁니다."

"컴퓨터나 노트북으로는 안 쓰시나요?"

난 고개를 저었다.

"요즘도 손으로 글 쓰시는 분이 있군요."

K는 잠시 생각하다가 말을 이었다.

"글쟁이 대부분은 작품에 들어가기 전에 초안이라는 것을 만들어요. 얼개 구상을 위한 일종의 아이디어 모음집쯤 되죠. 포스트잇에 깨알같이 적는 사람도 있고 수첩에 메모하는 때도 있고. 책상 서랍이나 쓰레기통을 뒤져 보면 뭔가 있을지도 몰라요. 뭐라도 좋으니 전부 가져다주시면 좋겠습니다."

아내 방 한구석에 처박혀 있는 누런 종이 뭉치가 생각났다. 착수금과 활동비 같은 비용 이야기를 마지막으로 대화를 끝냈다.

사무실 여직원은 캠코더에 다른 메모리 카드를 꼽고 두 번째 영상을 틀었다. 화면 속에는 그 짓을 정신없이 하는 벌거벗은 늙은 남자와 젊은 여자의 모습이 보였다. 오르가슴에 겨워 헉헉거리는 소리가 좁은 사무실에 가득 찼다. 여자는 얼굴빛 하나 바꾸지 않고 화면을 바라보고 있다. 어설피 인간 흉내를 내는 과학관의 휴머노이드 로봇처럼 무언가를 또 적기 시작했다.

* * * *

시연 전날, 네 번이나 테스트했다. 결합 모듈 간 호환성 체크도 시나리오별로 두 차례 점검했다. 시험 초기에 간헐적으로 발생했던 문제들이 하나씩 해결됐다. 자정쯤 모든 것이 완벽하게 동작했다. 온도, 전압, 진동, 기능, 모두 확인했다. 회사 사활이 걸린 시연이 드디어 내일 오후에 잡혔다. 마지막으로 딱 한 번만 더 체크하자고. 그때 사장의 말은 귀에 들어오지 않았다. 십 분 전, K로부터 전화를 받은 다음 내 정신은 반쯤 나가 있었다.

"행방을 찾은 것 같습니다."

K의 말이 귓속에서 메아리처럼 울렸다. 발견 장소는 이태원 근방으로 나이트클럽과 술집, 모텔이 밀집해 있는 지역이었다.

"운이 좋았어요. 최소 일주일은 걸릴 줄 알았는데 겨우 사흘 만에 행방을 알아냈으니. 이 일을 오래 하다 보니 사냥개처럼 냄새를 맡을 수 있게 되었나 봅니다. 하하하. 골목길을 지나는 사모님 모습이 어느 술집 감시 카메라에 찍혔어요. 뭐 그걸 확인하느라 돈이 좀 들긴 했지만. 아! 그렇다고 추가 비용을 요구하는 건 아닙니다."

수많은 생각이 나타났다 스러졌다. 밤마다 젊은 놈, 늙은 놈 할 것 없이 욕정의 대상을 찾아 헤매는 이태원 환락가에서 아내를 발견했다는 사실만으로도 주체할 수 없는 분노가 몰려왔다. 아내는 지금 이 순간 어느 모텔 침대에서 누군가와 그 짓을 하고 있을지도 모른다. 휴대폰을 쥔 손이 부들부들 떨렸다. K는 담담하게 그간의 조사 내용을 설명했다.

"엽서의 글은 로난 그루반의 《기다림에 관하여》라는 소설 속 주인공의 독백 중 일부입니다. 이거 찾아내느라 창고의 책들을 다 뒤졌죠. 젊은 시절에 읽은 책이 이렇게 사용될 줄은 생각도 못 했습니다. 이 책은 제2차 세계대전이 끝난 후 허무주의에 빠져 있던 유럽에서 큰 인기를 끌었습니다. 여주인공 크리스티나 스윈과 열다섯 살 연상의 연인 카이 미장센의 이야기를 일기와 편지 형식으로 쓴 명작이죠. 고통의 한 가운데. 텅 빈 장소. 어찌할 바 모르는 기다림. 이런 문구들이 어쩌면 행방을 찾을 열쇠가 되겠다 싶었어요. 보내 주신 사모님의 초안 모음도 다 읽어 봤습니다. 여러 편의 단편 소설을 준비하셨더군요. 메모를 정리하다가 한 가지 공통점이 있다는 것을 알게 됐습니다. 모든 소설의 시작이나 결말이 이태원에서 벌어진다는 것! 그래서 거기를 기점으로 조사를 했고 예상대로 이렇게 딱 맞아떨어진 겁니다.

낯선 이와의 뜨거운 하룻밤, 지나치게 무심한 주변인들, 비현실적인 공간과 기억의 점철, 어둡고 쓸쓸한 배경. 사모님의 작품은 이런 것들이 씨줄 날줄로 섬세하게 엮여 있더군요. 앨리스 먼로의 관조적 묘사나 엠마뉴엘 베르네임의 건조한 느낌도 나고요. 가끔은 아멜리 노통의 그로테스크한 대화가 연상되기도 했어요. 아무튼, 꽤 흥미롭게 읽었어요. 전체 플롯도 매끄럽고 문단 간 연결고리도 깔끔한 게, 정신병자였던 사람 치고는 꽤…."

말이 끊겼다. K는 정신병자라는 단어를 쓴 것에 대해 후회하는 것 같았다. 어쩌면 이 남자에게 아내의 병력까지 시시콜콜 말할 필요가 없었을지도 모르겠다. 난 어떤 대꾸도 하지 않았다. 화조차 나지 않았다. K는 아내가 바람을 피운다고 확신했다. 탐문 수색, 목격자 확보, 잠복근무, 미행, 동영상, 현장 급습과 증거물 수집. 앞으로 진행될 절차를 설명해 주었다. 아내를 찾아 달라는 의뢰는 어느덧 불륜에 대한 증거 확보, 법정 다툼과 이혼 절차에 대한 상담으로 바뀌었다. 간통죄가 폐지됐어도 바람을 피웠다는 증거물은 재산 분할에서 여전히 중요하다는 점을 강조했다. 난 조용히 물었다.

"아내를 언제쯤 볼 수 있을까요?"

＊　＊　＊

위기는 3년 전에 시작되었다. 내가 지금 직장으로 옮기기 전이었다. 난 그동안 모아 놓은 돈을 사업으로 모두 날렸고 빚까지 졌다. 그 일은 임신 중이던 아내를 마트 캐서로, 고깃집 종업원으로, 파트타임 전화상담원으로 내몰았다. 어느 날, 제품을 환불해 달라며 고래고래 소리치는 어느 중년 부인 앞에서 아내는 하혈했다. 아이는 사산됐다. 병원에서는 죽은 여자아이의 파란 발 도장이 찍힌 분홍색 바인더를 주었다. 발바닥은 손가락 두 개를 합친 것보다도 작았다. 침대에 누워 있던 아내가 말했다. 발이 당신 것과 닮았어. 그녀는 울음 대신 웃음을 지어 보였다. 그것은 낡은 칠판을 분필로 가득 칠한 듯한 허연 미소였다. 담당 의사는 자궁 손상이 심해 앞으로 임신은 힘들 것 같다고 했다.

아내의 병을 처음 안 것은 친척 돌잔치에 가던 어느 일요일 날이었다. 길을 걷던 중 아내는 갑자기 멈춰 섰다. 보도블록에 발이 달라붙은 것처럼 꼼짝도 하지 않았다. 한참 그러다 갑자기 시위 떠난 화살처럼 쏜살같이 앞으로 걷기 시작했다. 뒤에서 누가 떠미는 것처럼 엄청나게 빠른 속도였다. 몇 번이나 사람들과 충돌했고 택시와 부딪힐 뻔도 했다. 그러다 다시 멈추고 한참 서 있기를 반복했다. "당신 미쳤어?" 난 화를 냈다. 나를 빤히 바라보던 아내는 비명을 질렀다. "이 남자가, 날 죽이려 해요!" 아내 눈에서 검은자위가 거의 사라졌다. 아내는 카그라스 증후군으로 진단받았다. 친구, 배우자처럼 가까운 이가 같은 외모를 가진 다른 사람이라고 믿는 일종의 망상적 동일시의 정신병증이라 의사는 설명했다. 몇 달간 정신 병원에서 치료를 받았다. 퇴원 결정을 내리면서 의사는 이 렇게 신신당부했다. 완치라는 것은 없어요. 평생 관리하셔야 합니다. 환자분이 좋아하시는 취미나 좋은 기억을 떠올릴 만한 일을 하면 도움 이 좀 될 겁니다.

아내의 폭력성은 날로 심해졌다. 퇴근 시간부터 치약을 짜는 방법까 지 사사건건 입에 담지 못할 욕을 해 댔다. 동네 주민들과의 마찰로 대 신 고개를 조아린 적도 숱했다. 내 인내심은 가뭄 철 강바닥처럼 바짝 말라 갔다. 우린 죽을 듯이 서로를 향해 소리를 질렀다. 아내는 아이의 죽음을 무리하게 사업을 벌인 내 탐욕 때문이라 말했다. 난 푼돈 벌자고 제 몸 하나 간수 못 한 아내의 미련을 탓했다. 우린 기억하기도 힘든 세 세한 원인을 종일 서로에게서 찾았고 가장 아파할 말만을 골라 상대에 게 던졌다.

어느 날이었다. 아내는 작은 방에 책장 여럿을 들였다. 엄청난 양의 책이 배달되었다. 출산용품 사려고 모은 돈으로 주문한 것이었다. 책 은 천장까지 쌓였다. 어쩌다 마주치면 고작 눈인사나 하는 이웃의 담장 처럼 책 무덤은 높고 견고했다. 안사람은 대부분 시간을 방 안에서 보 냈다. 딱지 앉은 상처를 잡아 뜯고 그 안에 소금을 뿌려 대는 대화보다, TV 화면에 시선을 고정한 채 상대방의 서성거리는 발걸음 소리에 불편 해하는 것 보다, 밖에 나가 주민들과 문제를 일으키는 것보다, 이편이 차라리 낫다고 자위했다. 우린 따로 잠들고 따로 일어났으며 따로 밥을 먹었다. 부부관계는 꿈도 못 꿨다. 서로 마주 보는 시간이 사라지면서 대화도 사라졌다. 꼭 할 말은 쪽지를 이용했다. 서로를 향한 언어폭력은 침묵시위로 바뀌었다. 그즈음 아내는 예전 다니던 동아리 모임에 다시

나가기 시작했다. 외출하기 위해 화장대 앞에 앉아 있는 모습을 본 적이 있었다. 뒤돌아 앉은 채 알아들을 수 없는 말을 한참 동안 중얼거렸다. 거울은 아내의 얼굴을 비추고 있었지만, 뒷모습에 가려 보이지 않았다. 보이지 않는 면은 언제나 추억과 상상의 몫이었다.

퇴근길, 단골 술집에 들렀다. 어차피 내일 있을 시연과 아내 일로 온전히 잠들기는 틀렸다. 글라스에 얼음을 몇 개 더 넣었다. 황금빛 위스키가 투명한 얼음 위로 튀어 올랐다. 마담은 다른 룸에 가 있는지 보이지 않았다. 홀로 바에 앉아 술을 마셨다. 날씨가 궂은 탓에 손님은 거의 없었다. 창문 밖으로 옷깃을 여미고 몸을 움츠린 채 종종걸음으로 가는 행인들이 보였다. 매서운 바람에 창문이 덜컹거렸다. 위스키는 거의 바닥을 드러냈다. 벽에 걸린 TV를 보았다. 다큐멘터리 채널이었다. 미국 뉴멕시코주의 사막이 나타났다. 엄청난 숫자의 덤불들이 누런 모래바람에 쓸려 한쪽으로 굴러갔다. 마치 건기에 물을 찾아 대이동을 하는 누우떼처럼 그 시작과 끝이 구분되지 않았다. 카우보이모자를 쓴 파란 눈의 뚱뚱한 식물학자가 미국인 특유의 호들갑을 떨며 설명하기 시작했다.

"와우! 저기 자동차 바퀴처럼 통통거리며 굴러가는 것들 보세요. 어마어마하죠? 저것들은 회전초(回転草, Tumbleweed)라 불리는 사막 식물의 일종입니다. 정식 명칭은 러시아 엉겅퀴라고 하죠. 악당과 주인공이 총싸움을 벌이는 서부 영화 라스트 신에 종종 등장하는 놈이에요. 미국 서부 지역에서 흔히 볼 수 있는 이 멋진 친구들은 혹독한 환경에서도 살아남을 수 있도록 유전적으로 잘 설계돼 있습니다. 가을철 건기가 되면 줄기 밑동이 서서히 말라가다가 거친 바람이 불기 시작할 때 떨어져 나가고 바람에 떠밀려 이리저리 굴러가게 되죠. 그렇게 놈들끼리 부딪치고 뭉치다 보면 보시다시피 거대한 갈색 가시넝쿨의 공처럼 되는 겁니다. 1877년 미국 다코타 지방에서 처음 발견된 회전초는 러시아에서 수입된 농작물 속에 그 씨앗이 섞여 들어왔는데 지금은 서부 전역에 대책 없이 퍼졌죠. 세상에! 방금 지나가는 큰 덩치 보셨나요? 믿을 수가 없을 정도로 크네요. 저 정도 크기라면 수 킬로미터를 구르면서 엄청나게 씨앗을 퍼뜨릴 수 있을 겁니다. 녀석들의 가을철 대이동은 장관이긴 하지만 때론 대단히 위협적이기도 합니다. 농작물이 큰 피해를 받기도 하니까요. 게다가 자연 발화 등으로 마른 회전초에 불이라도 붙기만 하면 휴, 상상만 해도 정말 끔찍하죠? 큰 화재를 일으키는 재앙이 될 수도 있습니다."

화면은 불붙은 거대한 덩굴이 마른 사막을 굴러가는 장면으로 바뀌었다.

"어머, 오빠, 요즘 왜 이렇게 뜸했어?"

어느새 나타난 마담이 다가와 다정하게 물었다. 맥주를 더 시켰다. 내일 시연 때문에 많이 마시면 안 된다고 생각했지만 브레이크가 고장 난 자동차처럼 멈추질 않았다. 그녀의 손이 내 얼굴을 어루만졌다.

"요즘 날씨 참 그렇죠? 춥고 바람도 많이 불고. 이럴 땐 우리 같은 사람들은 그냥 마시는 수밖에는 없어요. 부는 바람을 어떻게 재워요? 그칠 때까지 기다려야죠. 이렇게 술이나 마시면서."

술병이 모두 빌 때까지는 얼마 걸리지 않았다. 시간은 자정을 넘어가고 있었다.

* * * *

사장은 고래고래 소리를 질렀다.

"그동안 도대체 뭘 한 거야!"

그의 낯빛은 벌겋게 달아올랐다. 처음에는 시나리오대로 잘 진행되었다. 문제는 담당 상무 이사가 배석한 후 터졌다. 최종 종합 테스트를 시작하자마자 시스템이 그대로 멈춰 버렸다. 설상가상으로 랜과 전원선이 집중되는 하단 모듈과 안전기 장치 부분에서 연기가 모락모락 피어올랐다. 상무 이사의 입가에서 냉소가 흘렀다. 사장의 얼굴은 하얗게 변해 갔다. 프로토타입 완성까지 14개월, 수억을 들인 신제품이 고철 덩어리가 되기까진 얼마 걸리지 않았다. 통신사 구매 계약 부서에서는 납품 계획을 원점부터 다시 검토하겠다고 통보했다. 원인은 과부하 차단 모듈에 대한 소프트웨어 패치의 사소한 오류였다. 모든 과실은 과제 책임자인 내게 오롯이 돌아왔다. 사장은 후배들이 보는 앞에서 제품 매뉴얼로 머리통을 후려갈겼고 정강이를 걷어찼다. 난 갓 입대한 이등병처럼 온몸으로 수모를 견뎠다.

"너한테 이런 중요한 일을 맡긴 내가 등신이지. 몇 번을 말했어! 진짜 큰 문제 전엔 늘 사소한 징조가 나타난다고! 이렇게 병신같이 일을 하니 마누라가 집을 나가지!"

빈집은 추웠다. 그동안 일에 치여 잘 오지 못해 더 그렇게 느껴지는지도 모른다. 일기 예보에서는 남부 지방을 강타한 태풍 때문에 비바람이 계속될 것이라 했다. 떨어져 나간 간판과 뿌리째 뽑힌 가로수, 부러진 우산을 들고 힘들게 횡단보도를 건너는 행인이 뉴스에 나왔다. 난 남은 술을 모조리 마셨다. 이리저리 채널을 돌렸다. 무엇을 봐도 눈에 들어오지 않았다.

전화벨 소리에 눈을 떴다. 핸드폰을 집어 들었다. 밤 11시 무렵이었다. 소파에서 잠이 들었는데 벌써 2시간이나 흘렀다. 사진 한 장이 전송되었다. 카페 창가에 앉아 밖을 바라보는 여자 모습. 틀림없는 아내였다. 바로 K가 전화를 걸어왔다.

"맞죠?"

"어디서 찾았어요?"

"불행히도 제 직감이 맞았어요. 이태원입니다. 경리단길 근방."

난 정신이 아득해졌다.

"창가 쪽에 계셔서 사진이 또렷이 잘 나왔죠? 한 시간째 저렇게 넋 놓고 앉아 어떤 놈을 기다리네요. 정보원 말로는 부인께서 매일 이맘때 온다던데…. 자, 이제 이렇게 기다리다가 남자 만나는 사진 몇 장 찍고, 미행해서 현장을 덮치면 사건 종료입니다."

목소리에는 이제 고생 끝이라는 안도감과 성공 사례비를 얼마 더 받아 내야 할지에 관한 고민이 어색하게 섞여 있었다.

"잠깐만요! 누군가 다가오네요."

사진기 셔터 소리가 몇 차례 들렸다. 잠시 후 실망스러운 목소리로 말했다.

"젠장, 종업원이네. …이상하네. 불륜 초반에는 후끈 달아올라 이렇게 오래 기다리게 하는 법이 없는데."

사진을 자세히 보았다. 빨간 입술, 유난히 도드라진 뺨. 아내는 촌스러운 화장을 한 채 앉아 있었다. 하얀색 티셔츠를 입고 유행이 한참 지난 빛바랜 카디건을 걸쳤다. 테이블 위에는 두꺼운 대학 노트가 놓여 있다. 목엔 동그란 은색 펜던트가 걸려 있다. 사진을 크게 확대했다. 픽셀

이 뭉개지며 흐릿하게 커졌다. 글쓰기 좋은 날. 카페 간판이 흐릿하게 보였다. 카페에 손님은 거의 없었다. 아내는 그곳에서 한 남자를 하염없이 기다리고 있었다.

달 뒤편에서의 조식

주희는 밖이 아닌 안을 택했다. 히키코모리 같은 생활도 그리 나쁘지 않았다. 생각보다 외롭지도 답답하지도 않았다. 지난주에 누군가 숨어 있을 만한 커다란 옷장을 버렸다. 전면 거울과 소파도 치웠다. TV, 화장대, 책장, 인형, 액자, 오디오를 작은 방으로 몰아넣었다. 하얀색 벽지로 새로 도배를 했다. 천장 등을 가장 밝은 LED로 교체했다. 무겁고 두꺼운 회색 이중 커튼을 베란다 창문에 달았다. 바닥을 종일 쓸고 닦았다. 텅 빈 거실은 이제 안전해졌다. 거실에 머무는 동안, 두려움은 물에 빠트린 수면제처럼 흐리터분하게 사라졌다. 주희의 하루는 거실에서 시작해 거실에서 끝났다. 그래도 일주일에 한 번은 현관문을 열었다. 오늘처럼 분리수거하는 날이 유일한 바깥나들이 시간이다. 플라스틱 도시락통을 꾹꾹 눌러 담은 자루 세 개를 문 앞에 옮겨다 놓았다. 다, 다, 다, 다. 배달 오토바이 소리가 경박하게 들려왔다. 커튼을 조금 젖혀 밖을 살폈다. 배달원이 스쿠터를 세웠다. 그는 시동을 켜 놓은 채 배달 물건을 들고 건물 안으로 뛰어 들어갔다.

　핸드폰 케이스 만드는 가게에서 3개월. 팔찌나 귀걸이 같은 액세서리 만들기 6개월. 청바지 리포밍 5개월. 구제 핸드백 수선 보조 일을 또 몇 개월. 주희는 그 밖에 말로 설명하기도 힘든 여러 직업을 거쳤다. 그래도 공통점은 있었다. 헌 것을 새롭게 바꾼다는 것이다. 돌이켜 생각해 보면 모든 것을 가만둔 적이 없었다. 지우고 오려 붙이고 짜깁기하고 변경했다. 청바지가 그랬고 운동화가 그랬다. 장갑과 모자가 그랬다. 심지어 대학 시절 쓰던 스쿠터 헬멧도 리폼을 했다. 흔적을 지우고 새 옷을 입히면 사물은 순수했던 상태로 되돌아갔다. 더할 나위 없이 좋았다. 주희에게 리폼이란 성스러운 의식과 비슷했다.

먹다 남긴 자투리 김밥 꽁지 같은 경력은 이제 충분해. 주희는 모조 보석을 플라스틱 머리핀에 붙이다 문득 그런 생각이 들었다. 오랫동안 할 수 있는 직업이 무엇일까, 작년 말부터 진지하게 고민했다. 그래서 찾은 것이 '간편식 콜라보레이터'였다. 그게 뭐하는 거예요? 블로그에 적힌 주희의 직업명을 본 사람들의 첫 반응은 항상 똑같았다. 질문에 이렇게 댓글을 달았다. 편의점 도시락을 리포밍하는 겁니다. 그리고 그동안 자신이 리포밍한 도시락 사진과 레시피가 적힌 링크 주소를 알려 주었다. 새로운 직업의 탄생은 작은 사건에서였다. 어느 날 GS25편의점의 3천9백 원짜리 도시락을 전자레인지에 데워 먹다가 문득 홈쇼핑에서 판매하는 남해 젓갈을 보았다. 쇼 호스트는 이쑤시개에 큼지막한 젓갈을 찍어 카메라에 가까이 댔다. 반들반들 윤이 나고 고불고불한 낙지 젓갈이 화면에 가득 찼다. 이 밋밋한 쌀밥 위에 저걸 얹어 먹으면 잘 어울리련만. 도시락 재창조를 위한 아이디어는 그렇게 시작됐다.

간편식 콜라보레이팅의 첫 단계는 시중에서 판매하는 도시락의 장단점을 꼼꼼히 살피는 것부터다. 제품별로 특유의 맛과 향이 있어 밥과 반찬의 분석은 필수다. 기존의 반찬들을 이 도시락에서 저 도시락으로 단순히 옮길 때도 있고 서로 다른 양념을 적당히 섞어 새로운 맛을 창조할 때도 있다. 가끔은 남은 재료로 도시락과 어울릴 만한 밑반찬을 직접 만들기도 한다. 채 썬 당근을 볶고, 브로콜리를 삶고, 시금치를 데치고, 무를 조린 덕에 주희는 온갖 식자재를 접했다. 하지만 한 가지만은 쓰지 않았다. 분홍색 소시지. 그것은 음식이 아니다. 술 취한 사람의 피부 색깔 같은, 무름과 단단함을 한 몸에 지닌, 비닐 막을 뒤집어씌운 길쭉하고 터질 듯한, 혐오스러운 모습의 옛날 소시지는 결코 먹을 만한 것이 아니다.

도시락 명을 짓는 데도 신경을 많이 쓴다. 해장국 도시락, 매운 갈비 도시락 같은 것은 흔하고 고루하다. 이름만으로 모든 것을 알 수 있게 해야 한다. 예컨대, '당신의 뒤태를 걱정하는 바쁜 아침의 도시락', '날씬한 포만감을 바라는 여친의 정찬', '붓지 않은 아침 얼굴을 위한 야식'같이 읽는 순간 맛과 향을 느낄 수 있어야 한다. 마지막으로 식탁 위에 리포밍 도시락을 배치하고 사진을 찍은 후 제조법, 난이도, 품평을 적어 인터넷에 올리면 비로소 도시락 콜라보레이팅은 끝이 난다. 주희의 블로그는 1인 가구 사람들이 많이 방문했다. 시간이 지날수록 점점 입소문이 났다. 올 초, 직장인들의 취미, 여행, 음식 등을 다루는 인터넷 매거진과 연재 계약을 맺었다. 그녀가 쓰는 '소중한 당신을 위한 행복 도시락' 칼럼은 매주 금요일 실린다.

문제는 생각지도 못한 순간 나타났다. 주희는 여느 때처럼 배달 앱을 통해 새로 나온 편의점 도시락과 식자재를 주문했다. 늘 이용하던 심부름 서비스 회사였다. 10분 안에 도착한다는 문자 메시지를 받은 후 주희는 신발장에서 남자 구두와 운동화를 꺼내 슬리퍼 옆에 나란히 놓았다. 방문 옷걸이에 남자 와이셔츠를 걸었다. 남성용 향수도 출입구에 뿌렸다. 욕조 샤워기를 세게 틀었다. 화장실 문을 닫았다.

현관문을 열었다. 배달원이 바구니를 들고 들어왔다. 얼굴이 익은 남자였다. 그는 주문한 물건들을 거실 바닥에 하나씩 내려놓기 시작했다. 주희는 화장실을 향해 소리쳤다.

"얼른 끝내고 도와줘!"

머리를 금발로 염색하고 귀에 귀걸이를 한 배달원은 입술을 왼쪽으로 추어올리며 풋 하고 웃었다.

"에이, 혼자 사시잖아요."

말은 총알이 되어 주희의 유리 거실을 와장창 부숴버렸다.

※　※　※

편의점 가는 길은 낯설었다. 가게 간판도 많이 바뀌었다. 변하지 않은 것은 도시락을 사러 걸어가는 시간이 여전히 고통스럽다는 것뿐이었다. 햇빛이 아팠다. 커다란 선글라스를 쓰고 챙 모자를 깊숙이 눌러 썼다. 마스크로 얼굴을 가렸다. 어쩔 수 없었다. 배달시킬 용기는 이제 사라졌다. 빨리빨리 원고 좀 보내라는 편집장의 독촉은 며칠째 계속됐다. 세 군데 편의점, 한 군데 도시락 전문점, 반찬 가게를 거치는 최단 코스를 미리 노트북으로 확인했다. 순서를 잘 암기했다. CU와 GS25를 거쳐 세븐일레븐에 갔다. 도시락 매대 앞에 섰다. 판매 1위 도시락을 집었다. 내용물을 확인했다. 방송에 자주 나오는 요리 연구가의 불고기 도시락이다. 메인 반찬인 제육볶음을 살폈다. 매운 소스 베이스에 청양고추가 섞여 있다. 강한 맛을 달래 줄 다른 반찬이 있으면 좋으련만. 여자 연예인이 광고하는 2분 김치찌개 도시락도 살펴봤다. 레인지에 넣고 돌리면 얼큰한 찌개가 만들어진다. 담담한 후식이 아쉬웠다. 도시락들을 장바구니에 담았다.

편의점 자동 유리문이 으르렁거리며 열렸다. 남자 둘이 들어왔다. 소주와 맥주를 집었다. 담배 두 갑을 직원에게 달라고 했다. 둘은 안줏거리를 고르면서 욕이 반쯤 섞인 별 내용 없는 대화를 주고받았다. 서로 머리통을 때리며 거친 장난을 했다. 머리카락을 고슴도치처럼 바짝 올려 세운 남자는 입을 벌릴 때마다 시궁창 냄새를 풍겼다. 어깨가 산처럼 크고 문신이 귀 뒤까지 이어진 다른 남자는 생리대가 진열된 매대에 서서 고슴도치 머리에게 뭐라고 말했다. 그는 생리대를 만지작거리며 낄낄댔다. 술 냄새가 편의점 안을 가득 채웠다. 주변에 있던 여자 둘이 서로 눈짓을 교환하더니 황급히 밖으로 나갔다.

문신 남자는 분홍색 옛날 소시지를 집었다. 주희와 눈이 마주쳤다. 소시지는, 벌겋게 달아오른 소시지는, 편의점에 오기까지 수많은 사람 손을 거쳤을 병원균이 잔뜩 묻어 있는 거대한 소시지는, 주희의 질 안을 무자비하게 헤집던 소시지는, 핸드폰에 고스란히 촬영되던 분홍 소시지는, 독사 대가리처럼 이쪽을 노려보았다. 본능적으로 몸을 출입문 쪽으로 틀었다. 남자는 주희의 150도 시야각에서 벗어났다. 하지만 160도나 170도, 흐릿한 사각 지점 어딘가에서 주희의 몸을 머리부터 발끝까지 핥는 것만 같았다. 쿡쿡대는 웃음소리가 뒤쪽에서 들렸다. 들고 있던 장바구니가 덜덜 떨렸다. 편의점 너머 바깥세상이 하얗게 변했다. 주희는 그대로 자동 유리문을 향해 돌진했다.

"손님, 계산하셔야죠!"

알바생이 소리쳤다. 장바구니를 바닥에 내던졌다. 도시락들이 뒹굴었다. 뒤도 안 돌아보고 나왔다. 걸음이 점점 빨라졌다. 똑같은 간판과 똑같은 냄새를 풍기는 가게 앞을 지났다. 빨간 불이 켜져 있는 횡단보도 앞에 겨우 멈춰 섰다. 다리에 힘이 풀렸다. 신호등 기둥을 잡고 주저앉았다. 태양은 더 뜨거워졌다. 마스크를 벗었다. 숨을 몰아쉬었다. COPD 환자의 거친 숨기척이 폐에서 났다. 이마의 식은땀이 뺨을 타고 내려 턱 밑에서 모였다.

다, 다, 다, 다. 엔진 소리가 들렸다. 오토바이가 주희 앞에 멈춰 섰다. 검은 헬멧을 쓴 남자가 빤히 주희를 내려다보았다. 새까맣게 코팅된 전면 보호 실드 때문에 얼굴이 보이지 않았다. '달려라! 하이바. 심부름 & 집안일 전문' 뒷좌석 짐칸 위에 그렇게 적힌 깃발이 펄럭였다.

"괜찮아요?"

헬멧 남자는 낮은 목소리로 물었다.

*　*　*　*

402호 할아버지는 언제나처럼 분리수거 장소를 지켰다. 밤마다 거실을 뛰어다니는 천방지축 손자도 함께 있었다. 할아버지는 화를 자주 냈다. 병 담는 자루에 플라스틱 요구르트병을 잘못 넣기라도 하면 득달같이 달려와 끝이 뾰족한 지팡이로 삿대질을 하며 잔소리를 해 댔다.

주희는 빈 플라스틱 도시락 케이스를 우르르 마대에 쏟아부었다. 402호 할아버지는 주희의 행동을 물끄러미 쳐다보다가 다가와 말했다.

"이봐, 아가씨. 웬 플라스틱 쓰레기가 이렇게 많아? 이런 일회용품을 많이 쓰니 쓸데없는 낭비가 생기는 거야. 자원 낭비. 에너지 낭비. 돈 낭비. 청소 인력 낭비. 시간 낭비. 쯧쯧. 젊은 여자가 밥을 해 먹어야지 만날 인스턴트 음식이나 먹고."

어느 틈에 곁에 온 손자는 나뭇가지로 마대 자루를 쿡쿡 찌르며, 돈 낭비, 시간 낭비, 라고 앵무새처럼 따라 했다.

오토바이 한 대가 원룸 빌라 앞에 섰다. 달려라! 하이바, 라고 쓰인 깃발이 바람에 펄럭였다. 헬멧 남자는 뒷좌석 박스에서 배달 물건을 꺼냈다. 할아버지가 그를 발견하고 부르려 했지만, 순식간에 건물 안으로 들어가 버렸다. 할아버지는 문 앞에서 기다렸다. 들어갈 때와 마찬가지로 헬멧 남자는 쏜살같이 뛰어나왔다. 오토바이에 올라탄 순간 할아버지가 붙잡았다.

"젊은이. 전번에 우리 집 수리해 준 사람 맞지?"

"…."

"아, 그 왜, 며칠 전에 형광등 갈고 방문도 고쳐 주고 했잖아?"

노인의 얼굴을 빤히 바라보던 남자는 그제야 고개를 끄덕였다.

"안방 문이 다시 덜렁거려. 그래서 그때 내가 말했잖아. 경첩을 좀 더 빡빡하게 조여야 한다고. 그리고 액자 걸어 둔 것, 벽에서 못이 빠져 버렸어. 얼른 와서 AS해 줘."

"죄송합니다만 지금 배달할 물건이 많아 곤란합니다. 나중에 꼭 다시 올게요."

"시방, 뭔 소리여, 돈 받아먹을 땐 언제고 이제 와 그렇게 말을 해?"

할아버지는 어깃장을 부렸다. 남자는 통사정을 했지만, 노인은 말을 듣지 않았다.

"노인네가 이렇게까지 말하면 네, 알겠습니다, 하고 냉큼 와야지!"

딱, 딱, 딱. 할아버지는 긴 지팡이로 남자의 헬멧을 내리쳤다.

"그리고 어르신 말하는데 어디 시건방지게 얼굴도 내보이지 않고 있어? 당장 헬멧 벗어!"

"헬멧 벗어!"

꼬맹이는 노인의 말투를 똑같이 따라 했다.

남자는 오토바이에서 내렸다. 똑바로 서니 덩치가 꽤 컸다. 노인의 구부정한 허리를 반으로 꺾어 버릴 만큼 팔뚝 근육이 우락부락했다. 앞으로 한걸음 성큼 다가왔다. 노인은 어, 어, 하면서 뒤로 물러났다. 지팡이를 방패처럼 들었다. 눈동자에 두려움이 서렸다. 꼬마는 비명을 지르며 건물 계단 쪽으로 달아났다.

횡단보도 앞에 주저앉아 있던 주희를 보던 것처럼 그는 우두커니 늙은이를 바라보았다. 남자는 보도블록 바닥에 무릎을 꿇었다. 털썩 소리가 날 정도였다. 고개를 숙였다. 커다랗고 단단한 검은 헬멧이 바닥을 향해 조아렸다.

"죄송합니다. 어르신."

그는 어릿한 목소리로 내일 아침 일찍 와 보수해 드리겠다고 약속했다. 할 말을 잃은 노인은 입맛만 다셨다. 주희는 깃발에 적힌 블로그 주소를 기억했다.

＊　＊　＊

각종 배달 및 구매 대행. 관공서 업무 대행. 줄서기 대행. 집안일 도우미(못 박기, 가전제품 폐기 처리, 전등 교환, 간단한 수리 등). 24시간 무엇이든 도와드립니다. 카드 결제 불가.

포스트잇을 덕지덕지 붙인 듯한 조잡한 사이트에는 세상의 온갖 잡일이 나열되었다. 일 종류, 배송 거리, 작업 시간에 따른 가격표가 보였다.

"만월에는 서비스가 안 됩니다." 중간쯤 당구장 표시와 함께 볼드체로 큼지막하게 적혔다. 만월이 무엇일까. 만 원을 잘못 적은 것 같다. 하단에 나의 취미 생활이라는 메뉴가 보였다. 클릭했다. 외계인의 실체, 우주의 신비, 달에 관한 21가지 비밀 같은 가십거리들이 잔뜩 링크되었다.

물건은 화요일, 금요일 오전에 배달되었다. 도시락 유통 기간이 짧아 일주일에 최소 두 번은 받아야 했다. 당근, 계란, 콩나물 같은 음식 재료도 종종 시켰다. 배달 가방에 차곡차곡 쌓인 순서로 보아 남자는 편의점에 들러 도시락을 산 후 마트에서 장을 보는 것 같았다. 음식은 네모난 보온 스티로폼 상자에 담겨 왔다. 물건은 건물 1층 경비실 옆에서 건네받았다. 헬멧 남자는 거의 말이 없었다. 스크래치가 나 여기저기 칠이 벗겨진 검은 헬멧을 쓴 채 처음에 한 번, 돌아갈 때 한 번, 꾸벅 인사만 했다.

물이나 우유 같은 것들을 주문한 날은 상자가 몹시 무거웠다. 상자를 안고 엘리베이터 앞에서 낑낑거리고 있을 때였다. 돌아간 줄 알았던 헬멧 남자가 어느 틈에 다가와 들어 주었다. 괜찮다고 했지만, 집 앞까지 가져다주었다. 그날 남자는 완전한 문장으로 이렇게 말했다.

"다음부터는 물건을 문 앞에 놓고 가겠습니다. 1층까지 내려오지 마세요."

주희도 그러고 싶었다. 하지만 낯선 남자가 자신의 공간 가까이 다가오는 것이 불안했다. 표정을 읽은 그가 바로 말했다.

"물건 내려놓고 초인종 누르면 대금은 문틈으로 밀어 넣어 주세요."

남자는 상의 주머니에서 차가운 콜라를 꺼내 배달 상자 위에 올려놓았다.

"이건 단골손님 서비습니다."

남자는 계단을 이용해 후다닥 달려 내려갔다.

여자 혼자 사는 공간에는 무엇이든 자주 고장이 났다. 빨래 건조대의 가운데 기둥이 부러졌고 붙박이 옷걸이 못이 벽에서 빠졌다. 기타 주문 난에 새로 산 건조대의 조립 설치와 못 박기 서비스를 신청했다. 방의 형광등도 갈아 달라고 했다. 건당 4천 원이었지만 VIP 고객이라 특별히 천 원을 빼 주었다. 그는 커다란 공구 가방을 들고 나타났다. 주희는 미리 현관문을 열어 놓고 기다렸다. 작업하는 동안 사람들이 왔다 갔다 하는 복도에 서서 집안을 지켜봤다. 남자 신발과 와이셔츠를 미리 내놓을까 하다 그만두었다. 그는 작업하는 내내 헬멧을 벗지 않았다. 전면의 새까맣게 코딩된 보안경 때문에 얼굴은 물론 표정도 전혀 읽을 수 없었다. 쌀쌀한 날씨임에도 남자의 등은 땀에 푹 젖었다. 상의 조끼 위로 배어 나온 허연 소금기가 북아메리카 지도처럼 보였다. 주희는 냉커피용 봉지 커피를 꺼내 유리컵에 부었다. 찬물을 넣고 저었다. 얼음 몇 개를 집어넣었다. 빨대를 꽂은 후 접시에 받쳐 헬멧 남자 옆에 놓고 밖으로 나왔다.

잠시 후 남자가 나와 다 됐다고 했다. 혹시 문제가 생기면 무료로 AS 해 주겠다는 말도 했다. 검고 둥근 헬멧이 꾸벅 인사를 했다. 남자는 공구를 들고 사라졌다. 그가 머문 자리에는 빈 유리컵만 남았다. 계속 뒤에서 지켜보았지만, 헬멧 벗는 모습은 보지 못했다. 도대체 어떻게 커피를 마신 걸까.

※　※　※　※

금요일 늦은 밤, 편집장으로부터 연락이 왔다. 목소리가 급했다.

"주희 씨. 오늘 회의에서 '한겨울을 훈훈하게 해 주는 도시락'이라는 주제로 특집판을 내기로 했어. 곧 옆구리 시린 겨울이 오잖아? 근데 시간이 별로 없어. 다음 호에 바로 싣기로 했거든. 미안하지만 내일 아침 8시까지 따끈따끈한 신상 도시락 하나 만들어 줄 수 있을까?"

"다음 호에는 여행 도시락 편 아닌가요? 그건 오후에 메일로 보내드렸는데."

"알아, 알아. 갑자기 주제가 바뀌었어. 사장이 하도 고집을 부려서."

"편집장님. 지금 밤 11시가 넘었어요. 이 시간에 언제 새로 도시락을 사다가 분석하고 조리하고 사진 찍고 글을 쓸 수 있겠어요?"

"그러니까 우리 출판사에서 제일 능력 좋은 주희 씨에게 이렇게 부탁하는 것 아니야, 응?"

푸드 매거진에 실을 글은 내용보다 사진이 중요하기 때문에 빛이 좋은 낮에 만들어야 한다. 그것을 모를 리 없는 편집장이 무리한 부탁을 하는 것은 그럴 사정이 생겼기 때문일 것이다. 내일 출근하면 쌈빡한 샘플 하나 바로 봅시다, 라며 명령 비슷한 부탁을 하고 바로 퇴근해 버린 새파랗게 젊은 금수저 사장에 대한 편집장의 흉은 한참 계속됐다.

전화를 끊자마자 헬멧 남자에게 문자를 보냈다.

"GS25 '얼큰 국물이 있는 정찬'과 세븐일레븐 '콩나물 해장 도시락', 만일 지금 사거리 반찬 가게가 열었으면 반찬 세트 1, 3, 6번, 바로 배달 부탁드립니다."

답장은 금방 왔다.

"죄송합니다. 지금은 안 됩니다."

"24시간 배달 아닌가요?"

"만월에는 배달 못 합니다."

"만 원?"

"만월(滿月), 보름달이 뜬 밤."

낮에도 나가질 못하면서 한밤중에 도시락을 사 올 자신은 없었다. 잘 알지도 못하는 다른 심부름 서비스를 이용하는 것은 더더욱 싫었다. 전날 사다 놓은 도시락들은 낮에 다 버렸다. 냉장고 안에 쓸 만한 재료도 별로 남아 있질 않아 당장 무언가를 만들어 내기도 마땅치 않았다. 한참을 고민했다. 편집장에게 전화를 걸었다. 도저히 안 되겠다고 말했다. 지금 바로 편의점에 가서 비주얼 좋은 것 몇 개 사서 적당히 데코레이션하면 되잖아? 그의 목소리에 짜증이 잔뜩 섞였다. 결국, 편집장은 다른 프리랜서에게 부탁하겠다며 전화를 끊어 버렸다.

주희는 커튼을 걷었다. 밤하늘을 바라봤다. 보름달이 밝았다. 그 앞을 느릿느릿 흘러가는 성성한 구름이 단무지처럼 노르스름하게 물들었다. 달빛이 거실로 한 발자국 들어왔다.

*　　*　　*　　*

평소보다 이른 아침에 일어났다. 뒤척이다 늦게 잤지만, 저절로 눈이 떠졌다. 출판사로부터 온 메일을 확인했다. 이번 달 말까지 2편 더 쓰고 계약 종료하자는 내용 증명서였다. 내심 계약 연장을 기대했지만 헛된 바람이 되어 버렸다. 한숨이 나왔다. 상사에 대한 어젯밤 작은 항명이 이런 결과가 되어 돌아온 것만 같았다.

아침 준비를 하려는데 핸드폰으로 문자가 왔다. 헬멧 남자였다.

"지금 가져다드릴까요?"

"너무 늦었어요. 이제 필요 없게 됐어요."

"이미 1층에 와 있는데요."

주희는 오도카니 문자를 바라보다가 답신을 보냈다.

"지금 다른 서비스 더 주문해도 돼요?"

둘은 1층 경비실 옆 휴게실에서 만났다. 입주민들이 외부 방문객과 만남의 장소로 이용하는 곳이다. 간이 탁자 위에 도시락들을 펼쳤다. 주희는 직접 만든 콩나물 무침과 계란 프라이를 가지고 내려왔다. 헬멧 남자가 말했다.

"아침 식사 함께하기, 라는 주문은 난생처음입니다."

그는 헬멧 왼쪽에 붙어 있는 버튼을 눌렀다. 턱 아랫부분이 덜컥, 옆으로 열렸다. 빠져나온 네모난 플라스틱 받침 부분을 반 바퀴 돌린 후 헬멧 좌측에 있는 안전 고리에 걸어 고정했다. 붉은 입술이 밖으로 드러났다. 정리되지 않은 수염 때문에 입가는 감자밭을 파헤친 야생 멧돼지의 주둥이처럼 보였다.

주희는 남자를 똑바로 바라보았다. 코팅된 검은색 보안경에 자신의 얼굴이 비쳤다. 마치 거울을 마주하고 밥을 먹는 것만 같았다. 남자는 열린 구멍으로 익숙하게 밥과 반찬을 밀어 넣었다. 콩나물 무침을 한 움큼 집어 먹더니 직접 만든 거냐고 물었다. 그렇다고 했다.

"즉석 밥과 참 잘 어울려요. 보통은 삶은 콩나물을 찬물에 헹구고, 파, 마늘, 고춧가루, 참기름으로 버무린 다음에 진간장 살짝 넣어 만드는데. 이건 거기다 뭔가를 더 첨가해 특별한 맛이 나는군요. 달걀부침도 좋네요. 흰자는 바짝 튀겨졌고 노른자는 촉촉한 반숙. 스팀 베이스티드로 하셨나요?"

계란 프라이에 물을 약간 부은 후 중간 불에서 노른자를 증기로 익히는 스팀 베이스티드 방법을 그는 알고 있었다. 주희가 물었다.

"음식 잘하시나 봐요?"

"조금요. 집안일 서비스 중에 반찬 만들기도 있어서요."

말할 때마다 커다란 검은 헬멧이 야외 행사장 풍선 인형의 거대한 머리통처럼 예측할 수 없는 방향으로 까딱였다. 그가 물었다.

"뭐 하나 물어봐도 괜찮겠습니까?"

"물어보세요."

"왜 만날 도시락만 배달시켜요?"

"먹으려고 시킨 건 아니에요."

"그건 알아요."

"어떻게요?"

"이렇게 많은 걸 어떻게 다 먹겠어요? …혼자서."

주희는 도시락 리포밍에 관해 설명했다. 레디메이드 반찬을 어떻게 조리하고, 조합하는지, 어떤 밑반찬을 더하거나 빼면 같은 가격에 최고의 맛과 영양을 만들어 낼 수 있는지 이야기했다. 그는 고개를 끄덕이며 열심히 먹었다.

식사는 금세 끝났다. 휴게실 바깥 로비가 조금씩 시끄러워졌다. 출근하기 위해 말끔히 차려입은 젊은이들이 부지런히 회전문으로 나갔다. 남자는 빨대를 꽂아 물을 마셨다. 크리넥스 티슈를 헬멧 안으로 밀어 넣고 입을 닦았다. 헬멧 아랫부분의 플라스틱 덮개를 원래 위치로 돌려놨다. 딸깍 소리와 함께 붉은 입술이 사라졌다.

"잘 먹었습니다."

안주머니에서 옥수수 차 캔을 꺼내 주희 앞에 놓았다. 따듯했다.

"아침부터 찬 음료는 좋지 않을 것 같아서요."

"저도 뭐 하나 물어봐도 돼요?"

"네."

"어젠 왜 배달을 못 한다고 했어요?"

남자는 주희의 물음에 당황한 듯했다. 표정은 보이지 않았지만, 지문이 반쯤 마모된 뭉툭한 다섯 손가락과 일로 다져진 팔뚝 근육의 미세한 움직임이 그래 보였다.

"달 때문에요."

"농담하지 마세요."

"농담 아닙니다. 보름달이 있는 밤엔 배달하지 않아요."

"왜요?"

남자는 대답하지 않았다.

"헬멧을 벗으면 그 안에 늑대인간이 있는 건 아니겠죠?"

농담은 어색한 침묵으로 돌아왔다. 남자는 애꿎은 탁자만 바라봤다. 헬멧 버튼을 눌렀다. 아래쪽 덮개가 열리면서 수염투성이 하관이 다시 나타났다. 머뭇거리던 붉은 입술이 움직였다.

"한 달에 한 번. 완전한 달을 볼 수 있는 그땐, 제게 중요한 시간입니다."

"…."

"난 알고 있습니다. 달의 진실을. 누구도 모르는 사실을요. 태양 빛을 반사하는 표면, 지구를 향한 쪽의 달은 진짜가 아닙니다. 진실은 그 뒤편에 있어요. 달이 가장 크고 밝을 때 나는 항상 달을 바라봅니다. 그 때문에 작년 말엔 천이백만 원이나 주고 독일제 천체 망원경을 샀어요."

신중하게 단어를 선택하고 문장을 조리 있게 만들려는 노력이 눈에 보였다.

"달의 실상을 알기까지 긴 시간이 걸렸어요. 하지만 뭣도 모르는 사람들은 이러쿵저러쿵 맘대로 이야기를 만들어 내죠. 달 뒤편에 얽힌 음모론은 수백 가지가 넘습니다. 숨겨진 유에프오 비행장이 있다, 거대한 피라미드가 있고 거기서 지구의 인간들을 조정한다, 인류를 창조한 외계인들이 살고 있다. 하지만 다 헛소리에요. 믿을 만한 것은 오직 하나뿐. 그것은… 달의 노래에 관한 것이에요.

아폴로 11호가 달에 첫발을 내리기 전부터 미국은 달을 탐사해 왔어요. 11호의 전신 아폴로 10호는 달 궤도를 돌면서 오랫동안 달 표면을 조사했죠. 1969년 5월 23일, 아폴로 10호의 우주인들은 달의 뒤편에서 이상한 소리를 듣게 되었습니다. 신호음 같기도 하고 음악 소리 같기도 한, 높낮이가 있고 장단이 있는, 우, 우, 우, 우, 하는 기괴한 소리를 세 명의 우주인 모두 또렷이 들었답니다. 증거는 명확해요. 그때 녹음한 소리도 있고 공포에 질린 우주인의 표정이 생생히 찍힌 영상도 있습니다."

말이 잠시 끊어졌다. 입술이 떨렸고 빳빳한 수염이 상처 입은 고슴도치 바늘처럼 꿈틀댔다. 남자는 혀로 바짝 마른 입술을 핥았다.

"보름달이 환하게 뜬 어느 날 밤이었어요. 난 언제나 그렇듯이 망원경으로 달을 관찰하고 있었습니다. …그런데. …그런데 말이죠. 그날의 달은 아주 특별했어요. 달은 아주 느리게 자전하기 시작했어요. 마치 슬로비디오처럼요. 달은 자신의 뒷모습을 내게 보여줬어요. 그때 난 알게 되었어요. 달에서 나는 소리의 정체를.

거기엔 외계인도 UFO도 인간을 창조한 신도 없었어요. 그곳에는 오직 노래를 부르는 사람들만이 있었습니다. 달 뒤편에서 춤을 추며 노래를 부르던 그들은 아픔도, 억울함도, 분노와 자기 파멸도 없는 세상에서, 더할 나위 없이 행복하게 살고 있었죠. 그제야 나는 이 무거운 헬멧을 벗고 편히 쉴 수 있었습니다. 평생 짓누르던 짐을 내려놓는 순간 견딜 수 없는 피곤이 쏟아졌어요. 그리고 난 깊은 잠에 빠졌습니다."

만질 수도 없을 만큼 아픈 무엇이 빠져나갈 구멍을 찾지 못하고 주희의 내장 속을 요동쳤다. 그것은 심장과 폐와 위장에 시퍼런 멍을 만들었다. 상처 입은 세포에서 오래된 피고름이 터져 흘러내렸다. 주희는 조용히 말했다.

"기괴한 모양의 바위투성이. 누런 모래 폭풍. 영하 수백 도까지 내려가는 추위. 하늘을 뒤덮은 번개와 천둥. 칠흑 같은 어둠. 달 뒤편에는 그것뿐이에요. 다른 건 아무것도 없어요."

헬멧 남자는 말을 잊은 채 멍하니 주희를 바라보기만 말했다.

"그쪽 말은 틀렸어요."

"아니요! 그럴 리가 없습니다!"

헬멧 남자의 언성이 높아졌다. 주희는 고개를 가로저었다.

"그걸, 어떻게! 어떻게, 확신하죠?"

"난 그곳에 가 봤으니까요."

주희는 한기를 느꼈다. 캔 뚜껑을 땄다. 톡, 하는 소리와 함께 열린 구멍에서 하얀 김이 올라왔다. 차를 마셨다. 따뜻한 물이 햇빛에 씻긴 옥수수 향을 풍기며 식도를 타고 내려갔다. 온기가 혈관을 따라 돌았다. 헬멧 전면 보안경 속의 반투명한 주희가 말했다.

"달 뒤편에는 부서진 영혼과 손가락질뿐. …아무것도 없어요."

남자가 일어났다. 그가 앉았던 의자가 바닥을 긁으며 비명을 질렀다.

빈 플라스틱 도시락을 겹쳐 포갠 후 비닐봉지 안에 넣었다. 음료수병도 집어넣었다. 테이블에 흘린 음식물도 휴지로 모두 닦아 냈다. 오토바이 장갑을 끼고 헬멧 턱 끈을 조였다. 쓰레기봉투를 들고 주희 앞에 섰다. 어떤 세제를 써도 지울 수 없을 만큼 얼룩진 타일 바닥에 선 그는 꾸벅 인사를 했다.

"아침 잘 먹었습니다."

"…"

"그리고 죄송합니다."

그는 뒤돌아 밖으로 나갔다. 검은 헬멧이 출렁였다.

*　*　*　*

메일을 확인했다. 처음 들어보는 이름의 잡지사였다. 블로그를 보고 연락했다, 일단 3개월 단기 계약을 하고 싶다, 먼저 아침 식사용 도시락 샘플을 하나 보내 달라, 라는 내용이었다. 홈페이지를 살펴봤다. 출판사 는 싱글 라이프를 위한 여러 가지 테마를 다뤘다.

손쉽게 만들 수 있지만, 맛과 영양을 고려할 것. 제조 단가는 너무 높 지 않을 것. 보기만 해도 먹음직스러운 비주얼. 산뜻한 디저트까지 곁 들이면 더 좋음. 5대 영양소를 갖춘 건강한 도시락. 담당자는 그런 조식 도시락을 원했다.

편의점 도시락들을 거실 탁자 위에 주르르 펼쳐 놓았다. 아침 식사이 기 때문에 너무 맵거나 짜서는 곤란하다. 해장용 얼큰 찌개류와 간장 베 이스 반찬은 제외했다. 뻑뻑한 식감도 좋지 않다. 닭가슴살로 만든 반찬을 뺐다. 기름 맛이 강한 돈가스와 튀김 종류도 건져 냈다. 끝까지 살아남은 찬은 어묵 야채 볶음, 양배추와 옥수수 마카로니가 버무려진 샐러드 볼, 도시락에 딸려 나온 국과 후식 방울토마토다.

냉장고 안에서 콩나물 무침, 명이나물, 고구마 줄기, 달걀을 꺼냈다. 고구마 줄기를 손질한 후 약한 소금물에 데쳤다. 조선간장과 어간장, 다진 마늘을 넣어 만든 양념을 프라이팬에 넣고 함께 볶았다. 들깻가루를 몇 술 더 넣고 뒤적였다. 그릇에 옮겨 담았다. 고소한 향이 올라왔다. 새 프라이팬을 꺼내 달구고 식용유를 둘렀다. 계란 프라이를 만들었다. 물을 조금 붓고 중간 불로 바꿨다. 뚜껑을 덮고 30초간 기다렸다. 뚜껑을 열었다. 촉촉해진 달걀 표면이 보름달처럼 반들거렸다. 포크와 숟가락으로 노른자와 흰자를 조심스럽게 분리했다. 맑은 된장국과 햇반을 전자레인지로 돌렸다.

식탁 위에 푸른색 테이블보를 깔았다. 가장 예쁜 도시락 용기를 꺼냈다. 밥 넣는 칸에 고슬고슬해진 햇반을 담았다. 스팀 베이스티드로 익힌 계란 노른자를 하얀 밥 위에 얹었다. 빛깔 좋은 어묵 야채 볶음은 밥 위쪽 칸에 놓았다. 줄기 볶음은 왼쪽, 헬멧 남자가 좋아하던 콩나물 무침과 명이나물은 오른쪽 칸에 담았다. 후식 칸에 샐러드 볼과 방울토마토를 넣었다. 김이 모락모락 올라오는 된장국은 그릇에 따로 담아 도시락 옆에 놓았다. 조화 한 송이를 대각선 방향으로 눕히고 도시락 주위에 꽃잎 몇 장을 뿌렸다. 오른쪽 위에 조명등을 설치했다. 반대 방향에 반사판을 놓았다. 여러 방향에서 사진을 찍었다. 적정 노출보다 밝게 촬영하고 필터도 바꿔 봤지만, 마음에 들지 않았다.

커튼을 활짝 젖혔다.

밖에서 오래 기다리던 빛들이 다투어 거실 안으로 쏟아졌다. 세팅한 도시락을 다시 찍었다. 색감이 좋았다. 음식 사진에 자연광만 한 것이 없다는 말은 틀림없었다. 마음에 드는 몇 장을 골라 포토샵으로 보정했다. 워드프로세서로 도시락 리포밍 과정을 자세히 적었다. 문장을 다듬었다. 도시락 이름을 생각해 보았다. 단어 몇 개가 낡은 전등처럼 머릿속에서 깜박거렸지만, 조합이 쉽게 만들어지지 않았다. 적었다 지우기를 반복했다. 주희는 새하얀 쌀밥 위에서 봉긋이 솟아 반들거리는 달걀노른자를 말끄러미 바라보았다. 달 뒤편에서의 조식. 그렇게 적어 잡지사로 메일을 보냈다.

어제 저녁때 주문한 택배가 왔다. 상자를 열었다. 흰색 헬멧이 스티로폼 완충재 사이에 단단히 고정되어 있다. 꺼내 상태를 살펴봤다. 전면 실드 코팅이 옅어 안이 잘 보였다. 마른걸레로 겉면을 닦았다. 내부는 가죽 전용 크림으로 윤을 냈다. 주희는 헬멧을 이리저리 돌려 보며 어찌할까 고민을 했다.

＊　＊　＊　＊

오늘도 402호 할아버지는 잔소리를 해 댔다. 기다란 지팡이로 이리저리 마대 자루를 쿡쿡 찔렀다. 분리수거함 위에 커다랗게 써넣은, 폐지, 병, 깡통이라는 글자에 맞추어 제대로 버리지 않으면 어김없이 큰소리가 들려왔다. 버르장머리 없는 꼬마도 마대를 들쑤시며 신나게 돌아다녔다.

다, 다, 다, 다. 엔진 소리가 들렸다. 달려라! 하이바, 깃발을 나부끼며 오토바이가 주택가로 들어오고 있었다.

"귀청 떨어진다! 이놈아!"

할아버지는 소리 나는 쪽을 향해 소리쳤다. 꼬마도 바이크를 보고 따라 고함을 질렀다. 하지만 곧 천진난만한 웃음소리로 바뀌었다. 아이는 남자의 헬멧을 가리키며 펄쩍펄쩍 뛰고 손뼉을 쳐 댔다.

헬멧 위로 곤충 더듬이처럼 생긴 탱탱하고 길쭉한 두 쌍이 비쭉 올라왔다. 더듬이 끝에는 둥근 물체가 붙었다. 눈망울이 크고 산뜻한 두 개의 눈동자였다. 갈바람에 흩날리는 속눈썹은 낙타의 것을 닮았다. 오토바이가 다가왔다. 바퀴가 도로 안전 턱을 넘을 때마다 청명한 두 눈은 세상을 향해 출렁였다. 순백색 하이바. 춤추는 눈동자. 헬멧은 눈 쌓인 낮은 언덕처럼 둥글고 맑게 빛났다.

축제

김장억은 팔각정 계단에 앉아 책을 읽었다. 십 분이 지나지도 않아 눈곱자기가 양 눈뿌리에 구덕구덕 꼈다. 눈이 시큰했다. 안경을 벗고 엄지와 검지로 꾹꾹 눌렀다. 손가락을 바짓가랑이에 문질러 닦았다. 다시 돋보기를 썼다. 싱싱한 꽁무니바람이 목덜미를 쓰다듬으며 지나갔다. 정자 주변 나무 이파리들이 방정맞게 수런댔다. 책장이 술술 넘어갔다. 내용이 새롭고 흥미로웠다. 문체도 걸림 없이 매끈했다. 좋구나, 좋아. 절로 혼잣말이 나왔다. 맑은 날, 그늘에서의 독서는 청춘처럼 좋았다.

　마지막 장을 읽은 후 책을 덮었다. 오춘석은 여태 나타나지 않았다. 한 권 더 가져올걸. 후회가 들었다. 주변을 둘러봤다. 화장실 근처 나무 아래 등산복 차림의 늙은이들이 둘러섰다. 아마도 만날 저 자리에 죽치고 있는 염소수염 영감의 내기 장기판을 보고 있을 것이다. 맞은편 잔디밭에선 남녀 노인들이 건강 에어로빅 동작을 따라 한다. 타이츠 차림의 여자 강사가 손을 위로 치켜들며 박수를 유도했다. 이상한 기합 소리를 내는 바람에 카트를 밀며 곁을 지나던 요구르트 아줌마가 깜짝 놀라 돌아봤다. 옆에선 화려한 꽃무늬 스카프를 목에 두른 할머니가 앞뒤로 손뼉을 치며 춤과 운동의 중간쯤 되는 몸부림을 30분 넘게 했다. 한낮의 그림자처럼 노인들은 어디에도 있었고 어디로도 사라지지 않았다. 한무리가 중앙 호수 쪽으로 우르르 몰려갔다. 김장억은 손목시계를 봤다.

벌써 점심 배식 시각이 됐나.

"어이."

익숙한 목소리가 들렸다. 오춘석은 김장억 옆에 와 앉았다. 등산 모자를 벗었다. 땀에 젖은 대머리가 드러났다. 손수건으로 얼굴과 목과 머리를 한꺼번에 닦았다.

"오래 기다렸어?"

"남는 게 시간인데 뭘."

"또 뭔 책인감?"

김장억은 책 표지를 보여 줬다.

"제목부터 지루하구먼."

"그래 보이나?"

"오늘 날이 참 좋네그려."

"그러게."

"기차표는 샀어?"

"진작 두 장 구했지."

"KTX?"

"거긴 그딴 거 없어. 무궁화 타고 가야 해."

"그냥 버스 탈 걸 그랬나?"

"안 돼. 요즘 소피가 자주 마려워서."

오춘석은 등을 손으로 문질렀다. 시원찮은지 옆에 내려놓은 김장억의 지팡이를 거꾸로 집어 들고 득득 긁어 댔다. 오춘석이 물었다.

"눈은 좀 어떤가?"

"그렇지 뭐. 그래도 아직 그럭저럭 쓸 만해."

"진작 안과에 갔으면 좋았을걸. 그러게 책 좀 작작 봐."

"늙으면 별수 있나."

"순이 기일이 지난주였던가?"

"음. 수요일."

"뭐 했어?"

"뭘 하긴. 술 한 잔 따라 줬지."

김장억은 가방을 뒤적였다. 우유 팩을 꺼내 오춘석에게 건넸다.

"자네 마시게."

"소화도 못 시키는 주제에 우유 왜 샀어?"

"사긴 누가 사. 얻었지."

"어디서?"

"들어 봐. 오늘 일찍 잠에서 깼어. 동트기 한참 전인데 정신 하나는 아주 말똥말똥하더라고. 그래서 산보나 하려고 집을 나섰지. 그때가 4시 조금 넘었을 거야. 엘리베이터를 기다리고 있는데 웬걸, 꼭대기서부터 층층이 서더군."

"어떤 놈이 새벽부터 장난질이야."

"한참 후에 엘리베이터가 도착했어. 문이 덜컹 열렸지. 안에 젊은 애하나가 있더군. 걘 날 보자마자 아주 깜짝 놀라 했어."

"그 시각에 사람을 마주쳤으니 놀랄 법도 했겠지."

"그리고 꾸벅 인사를 하더니 슬그머니 뭘 건네더라고."

"우유를?"

"아니. 조간신문을."

"신문 배달부였군."

"그 친군 기다리게 해서 미안했는지 나머지 층의 불 켜진 정지 버튼을 다 꺼 버렸어."

"짜증 났겠어. 꼭두새벽부터."

"전혀."

"왜?"

"걔 몸에서 땀 냄새가 물씬 났거든."

"오호."

"새벽에 맡아 보는 땀 냄새라니. 참 오랜만이었지. 난 이렇게 말했어. 괜찮아요. 난 시간 많으니까. 그리고 내가 직접 층층이 정지 버튼을 다시 눌러 줬어."

"자네답네."

"1층에 도착한 후 우유를 건네주더군. 드시라고. 주머니에 넣고 다녀 뜨뜻해진 걸 말이야."

- 잠시 후 정오를 알려 드립니다.

멀리 보이는 사거리 빌딩 전광판에서 전자 글자가 반짝거리며 돌아갔다. 정자 기둥에 등을 쿵쿵 부딪쳐 대는 할아버지의 옆구리에 찬 라디오에서 12시를 알려 주는 카운트다운이 시작됐다.

- 띠. 띠. 띠. 뛰. 정오 뉴스를 시작하겠습니다. 완연한 봄을 맞아 전국에선 지역 축제가….

"이제 슬슬 가 보세."

오춘석이 엉덩이를 털며 일어났다. 김장억은 가방과 지팡이를 챙겼다. 둘은 공원 정문을 향해 걸었다. 지팡이 끝이 땅을 디딜 때마다 흙먼지가 뽀얗게 일었다. 김장억의 반대쪽 다리가 바닥을 쓸며 갔다. 오춘석이 말했다.

"난 정오 뉴스를 들으면 기분이 좋아져."

"왜?"

"팔팔했던 시절이 떠오르거든. 앵커 목소리를 들으면서, 아! 오늘도 반이 끝났구나, 이제 쫌만 더 버티면 된다, 그런 생각 말이야."

"그게 그렇게 좋았나?"

"내 직업이 원체 힘들고 더러워서 그런지 하루가 참 더디 갔지. 자네 같은 백면서생의 시간과는 달라."

"자네 말이 맞네그려. 시체 청소가 오죽 힘들었겠어."

"시체라니? 특수 청소라니까. 거, 50년을 말해 줘도 그러네."

"그거나 저거나."

* * * *

강의실은 이미 꽉 찼다. '제5회 인문학 강좌: 존경받는 어른 되기'라 쓰인 플래카드가 전면 상단에 붙었다. 강단 좌우로 화려한 화환과 풍선으로 만든 장식물이 세워졌고 한쪽 구석에서는 4인조 밴드가 악기를 조율 중이었다. 다닥다닥 붙어 앉은 노인들만큼이나 행사 직원도 많았다. 하나같이 말끔한 정장 차림이었다. 오춘석을 알아본 직원 하나가 냉큼 다가와 인사했다.

"어이쿠, 오셨습니까? 어르신."

"많이들 모였구먼."

"네. 저희 강좌가 원체 인기가 좋아서요."

그는 주변을 두리번거렸다.

"저기, 김장억 선생님은 어디 계신지…."

"바빠서 못 온다더군."

남자 얼굴이 금세 굳어졌다.

"하하하. 농담이야. 잠깐 변소 갔어."

김장억은 바지 지퍼를 추스르면서 느릿느릿 화장실에서 나왔다. 직원이 달려가 90도로 인사를 했다.

강의는 형편없었다. 말만 번지르르했지 깊이도, 두서도, 하다못해 재미도 없었다. 강사는 흔한 풍설을 짜깁기해 장마당 난점 먹거리처럼 주르르 늘어놓았다. 간간이 섞인 유머도 유치하기 짝이 없었다. 게다가 TV 토크 콘서트를 흉내 냈는지 강의 중간 뜬금없는 뽕짝을 연주해 신경을 더욱 거슬리게 했다. 품위 있는 노인이란 바로 우리 자신이다! 자신이다! 자신이다! 반강제적인 만세 삼창에서 김장억의 인내심은 한계에 다다랐다. 오춘석의 옆구리를 쿡 찔렀다.

"이봐. 겨우 이거 듣자고 아침부터 불러냈어?"

"구청에서 시켜 주는 잡일하고 몇 푼 받는 것보단 훨씬 낫잖아."

"…"

"미세먼지 만땅인 날, 땡볕 아래서, 그 뭐냐, 아파트 화단 뒤적이며 가래 묻은 담배꽁초 줍는 것보다야 백배 낫지, 암, 시원한 실내에서 다과도 주고. 있다간 밥도 줄 텐데."

"가세."

"안 돼."

"왜?"

"다 끝나고 돈 준다고 했어."

사회자는 마이크를 이어받고 바로 2부 순서를 진행했다. 김장억은 못마땅한 표정으로 프로그램 안내지를 연신 뒤적였다.

"어르신들, 오늘 정말 잘 오신 겁니다. 오늘은 특별히 이 자리에 아주 귀한 분을 모셨는데요. 자, 우리 김장억 선생님을 소개합니다."

갑작스러운 지목에 얼떨떨했다. 직원 하나가 다가오더니 김장억을 일으켜 세웠다. '누구?' '김장억이래.' '몰라.' '그 왜 있잖아.' '어쩐지 낯이 익더라.' 수군대는 소리가 여기저기서 들렸다. 몇몇은 벌써 핸드폰 카메라를 들이댔다. 뭇사람들의 시선이 불편했다. 부디 좋은 말씀 한마디 부탁드립니다. 느물거리는 목소리로 사회자가 말했다. 쭈글쭈글한 시선들이 김장억의 얼굴에 날아와 꽂혔다.

'새는 울고 꽃은 핀다. 중요한 것은 그것밖에는 없다.' 정현종의 시를 인용해 시작은 했지만 말하는 내내 도통 주제가 정리되지 않았다. 원고도 없이, 아무런 사전 준비도 없이 강단에 서는 것은 처음이었다. "늙어감은 소멸이 아닙니다, 지는 노을을 오롯이 바라볼 수 있는 소중한 시간입니다."라는 마지막 멘트에 힘없는 박수 소리만 돌아왔다.

행사 도우미 둘이 카트를 밀고 나타났다. 화려하게 포장된 상자가 위에 잔뜩 쌓였다. 사회자는 홍삼과 녹용으로 만든 건강 보조 식품에 관한 장황한 소개를 했다. 퀴즈를 맞힌 사람에게는 80% 구매 할인권을 줬다. 몇몇 노인들이 자리를 뜨려 하자 바로 초대 가수가 노래를 불렀다. 굳게 닫힌 강의실 뒷문에는 양복 입은 건장한 남자들이 친절한 미소를 띤 채 서 있었다. 김장억은 오춘석에게 신경질적으로 따졌다.

"내 이름은 왜 팔았어?"

"팔기는 누가 팔아! 그냥 불알동무라고만 했지. 그리고 오늘 자네 받는 일당이 얼만 줄은 내 말 했지? 이 나이에 어디 가서 그런 돈을 받겠어? 성당에서 주는 무료 급식 먹으려고 줄 서는 주제에."

김장억은 한일자로 입을 굳게 다물었다. 표정을 살피던 오춘석이 겸연쩍게 웃었다. 넌지시 말을 걸었다.

"거참, 속이 밴댕이 속일세. 미안하이."

"…."

"하나뿐인 고향 친구가 이런 일로 삐지긴."

김장억은 딱 한 마디 했다.

"자네 초상 날에나 봄세."

* * * *

둘은 건물 밖으로 나왔다.

"커피나 마시자고."

이쑤시개로 이빨을 쑤시던 오춘석이 말했다. 든든해진 배와 두둑해진 지갑 덕분에 한결 여유가 있어 보였다. 김장억은 건물 모퉁이에 있는 커피 자판기를 가리켰다.

"저기 있네."

"아니. 카페 가서 아메리카노 마시자고. 노인네처럼 웬 자판기 커피?"

"노인네가 노인네처럼 마시는 것이 어때서. 오백 원짜리 밀크커피 들고 벤치에 앉아 마시면 되지. 카페는 무슨. 그런데 늙은이들이 덜컥 들어가 앉아 있으면 다들 싫어해."

"한 집 건너 하나가 다방이야. 어디 우리 갈 곳이 없겠나? 걱정하지 말고 가 보자고."

"요즘 애들이 안 좋아한다니까."

"니미럴. 왜 걔들 눈치를 봐야 해? 지들은 안 늙남?"

"그러지 말고 딴 데 가세."

"어디?"

"편하게 차 마시며 이야기할 수 있는 데가 있어. 피곤하면 낮잠도 잘 수 있고."

"잠도? 그런 곳이 있어?"

"여기서 좀 떨어져 있지만, 지하철 타면 금세야."

골목길을 걷다 우연히 중고 책 파는 가게를 발견했다. 안으로 들어갔다. 쌓아 놓은 책더미에서 선데이 서울 창간호를 찾은 오춘석은 오늘 복권이라도 사야겠다며 좋아했다. 김장억은 오래전에 폐간된 문에 잡지 몇 권을 샀다. 글자도 작고 종이도 누렇게 바랜 것이었다. 지하철역으로 이어지는 등굽잇길을 따라 걸었다. 보도 폭이 좁아 김장억이 앞에 서고 오춘석이 뒤를 따랐다. 길가를 따라 세워진 고속도로 투명 방음벽이 오후 햇빛을 잘게 부서트렸다. 김장억은 얼굴에 손그늘을 만들었다. 녹내장 때문에 꼭 선글라스를 챙기는데 오늘따라 깜빡했다. 따라오던 오춘석이 짧은 신음을 냈다. 모래밭을 걷다 발을 베였을 때나 들을 법한 소리였다. 뒤를 돌아봤다. 오춘석은 방음벽을 손으로 짚은 채 고개를 푹 숙였다. "왜 그래?" 놀란 김장억이 물었다. 그는 대답 대신 손가락으로 바닥을 가리켰다. 방음벽 아래 아무렇게나 자란 덤불 속에 죽은 비둘기가 보였다. 머리가 깨지고 목이 부러졌다. 터진 배창자와 눈알이 사라진 구멍에 구더기와 개미떼가 들끓었다. 주변은 피와 뼈와 새털이 엉겨 검붉게 말라붙었다. 으깨진 작은 죽음이었다. 오춘석은 나뭇가지로 다른 풀숲을 뒤적였다. 죽은 새를 또 찾았다. 한참 헤집어 찾아낸 것은 모두

세 마리였다.

"불쌍하게도. 이놈 때문에 이리됐구먼."

손으로 방음벽을 쳤다. 통통 소리가 났다. 투명 유리창 군데군데 붉은 핏자국이 남았다. 그 뒤로 고속도로를 질주하는 차들이 쌩쌩 지나갔다.

"플라스틱으로 막힌 줄도 모르고 날아 지나가려다 이리 목이 꺾였네."

"저런."

"니들은 잘못 없다. 늘 가던 길로 갈 뿐이었는데. 이놈의 세상이 지독히도 빨리 변한다는 것을 몰랐구나."

"시체 청소, 아니지, 특수 청소업계에 오래 있다 보니 아주 시인이 되셨어. 잡초더미 속에서 죽은 새는 어찌 보았누."

오춘석은 등에 메고 있던 가방을 내려놓고 지퍼를 열었다. 안에 주머니칼, 가위, 집게 같은 도구와 작은 병들이 가지런히 꽂혀 있었다. 작은 삽 하나를 꺼냈다. 땅을 팠다. 새들을 모아 묻었다. 노란 용기를 열었다. 식초 비슷한 냄새가 코를 찔렀다. 백색 가루를 위에 골고루 뿌렸다. 흙을 덮었다. 발로 다졌다. 돌멩이 몇 개를 얹었다. 오춘석은 코를 거의 땅에 닿을 만큼 가까이 대고 냄새를 맡았다.

"탈취제가 있으면 좋으련만."

"현업 복귀해도 되겠어."

"가세."

※　※　※　※

노약자석이라고 더 좋은 점이 있는 것은 아니다. 늙은이나 젊은이나 서로 눈치 보느라 자리가 자주 빈다는 것을 빼고는 말이다. 곡선 코스를 지날 때마다 몸이 요동쳤다. 오춘석은 젊은 날의 무용담을 계속 이어갔다.

"사람이 죽었던 방으로 들어갈 때 제일 두려웠던 것이 뭔지 아나?"

"시체 보게 될까 봐?"

"난 경찰이 아니니 직접 볼 일은 없어. 현장 검증 다 끝났고 시신도 이미 병원으로 실려 간 후니까."

"그럼 피바다의 끔찍한 현장인가?"

"아니."

"뭔가 귀신이 나올 것 같은 분위기?"

"그것도 아니야."

"그럼 뭔가?"

"냄새."

"고약하군."

"처음엔 헛것을 볼까, 유품 정리하다 어디서 툭, 썩어 문드러진 손가락이 나오진 않을까 무서웠어. 희한하게도 그딴 건 금세 익숙해지더군. 하지만 냄새는…. 그놈의 냄새는 말이야, 절대 잊을 수가 없어. 은퇴한지 한참이지만 난 아직도 액젓이 들어간 음식은 손도 못 대. 한번은 이런 일이 있었네. 청소를 모두 끝내고 꽤 지났는데도 여전히 악취가 사라지지 않는다는 신고를 받았어. 자살한 남편의 아내가 직접 전화를 했었지. 다시 찾은 그 집은 말 그대로 시체 썩는 냄새가 진동했어. 한참을 조사해도 도무지 이유를 알 수 없었어. 그러다 마루에서 손톱만 한 부패액을 찾아냈어. 시신에서 흘러나온 몇 방울이 나무 바닥에 스며들어 있었지. 하지만 어떤 약품으로도 냄새는 지워지지 않았어. 결국, 난 마루를 뜯어내고, 콘크리트 바닥까지 모두 철거해 버렸어."

"그 정도인가?"

"소멸의 냄새는 지독해. 쉽게 지울 수 없지. 그리운 이를 잊는 것만큼 말일세. 그래서 난 소싯적 청소 가방을 여태 들고 다닌다네. 언제 어디서 써야 할지 모르니까."

"지금 뭐 하시는 거예요?"

젊은 여자의 앙칼진 목소리가 둘의 대화를 싹둑 잘라 버렸다. 열차 안 모든 사람의 눈이 객실 중앙으로 몰렸다. 단발머리를 한 젊은 여자는 양복 입은 남자를 똑바로 바라보면 쏘아붙였다.

"핸드폰으로 방금 사진 찍었죠?"

"무슨 소릴 하는 거요? 내가 뭘 어쨌기에."

"왜 몰래 날 찍어요?"

여자는 당찼다. 화를 참지도 타인의 시선을 두려워하지도 않았다. 큰 소리로 남자를 계속 압박했다. 양복 남자는 그보다 더 당당했다. 핸드폰 사진을 보자는 요구에 당신이 뭔데 남의 것을 보자, 말자 그러느냐며 맞섰다. 이런 식으로 하면 무고죄가 될 수도 있다 했다. 누군가 신고를 했는지 다음 정거장에서 지하철 보안관이 올라탔다. 그는 남자에게 휴대전화를 보자고 말했다. 사진을 뒤지더니 여자에게 말했다.

"별거 없는데요."

"네? 그럴 리가 없을 텐데."

"내가 뭐랬어요? 왜 함부로 사람을 의심해?"

여자는 잔뜩 주눅이 든 채, 분명히 봤는데, 라며 말끝을 흐렸다.

김장억이 자리에서 벌떡 일어났다. 뚜벅뚜벅 그들에게 걸어갔다. 관절염이라곤 한 번도 앓아 본 적 없는, 시력이 아주 좋은 20대 젊은이의 모습 같았다. 지하철 보안관에게 말했다.

"하나 더 있어요."

"예?"

"이 남자분, 휴대폰이 하나 더 있다고요."

"영감님, 지금 무슨 말씀 하세요?"

양복 남자는 당황한 기색이 역력했다. 잡아먹을 듯 김장억을 노려봤다. 놀란 오춘석이 달려와 말렸다.

"이봐. 왜 남의 일에 끼어들고 그러나. 그냥 자리로 가세."

김장억은 오춘석을 뿌리치고 말했다.

"아까부터 다 봤소. 상의 왼쪽 주머니에 넣는 거. 파란색이요."

보안관은 양복 남자에게 주머니 속의 휴대 전화를 꺼내 보라고 요구했다.

여자는 얼굴이 빨개진 채 이전 역에서 내렸다. 문이 열리자마자 달아나듯 빠져나갔다. 분명 자신의 목적지는 아니었을 것이다. 객실 안 사람들은 수군거리며 김장억과 오춘석을 힐끗힐끗 훔쳐봤다. 오춘석은 창피함에 고개를 푹 숙인 채 애꿎은 선데이 서울만 뒤적거렸다.

전철은 덜컹거리며 터널 안으로 들어갔다. 곧 역에 도착한다는 안내방송이 머리 위 스피커에서 흘러나왔다. 지하철 승강구마다 사람들이 줄을 섰다. 평일 낮인데도 바글거렸다. 열차 속도가 느려졌다. 곧 문이 열릴 것이다. 사람들이 하나둘 자리에서 일어나 출입구 앞에 모였다. 양복 남자가 노인석 옆에 섰다. 그가 눈을 게슴츠레 뜨고 내려다봤다. 머리꼭지가 따가웠다. 김장억이 슬그머니 말했다.

"젊은이. 미안하게 됐소."

"…."

"원체 핸드폰처럼 생겨서 말이지. 파란색 그거, e-북이라고 했죠? 책을 보는 기기라며."

"…."

"어떻게 그걸로 책을 볼 수 있어요? 책장을 사진으로 찍어 넣는 건가?"

"그거 아서서 뭐 하시게요?"

양복 남자는 김장억의 손에 들고 있는 낡은 문예지를 바라봤다.

"요즘 누가 무겁게 책을 들고 다녀요? 옛날 사람처럼."

양복 남자의 눈매는 늙은 개를 바라보는 주인의 것과 닮았다. 지하철 문이 열리자마자 그는 쌩하니 나가 버렸다. 사람들이 열차 안으로 올라탔다. 그제야 고개를 쳐든 오춘석은 발끈했다.

"저런 개 싸가지 없는 놈!"

* * * *

"직원이 다가와 조그맣게 말했다."

"저, 선생님?"

고개를 뒤로 젖힌 채 졸고 있는 오춘석은 미동도 하지 않았다. 코 고는 소리가 더 커졌다. 직원이 어깨를 가볍게 건드렸다. "음?" 오춘석은 겨우 눈을 떴다. 입가에는 침이 흘러내렸다. 맞은편에 앉아 책을 읽고 있던 김장억도 그제야 도서관 직원이 곁에 있음을 깨달았다.

"여기서 주무시면 안 됩니다."

"어?"

"민원이 들어와서요."

"누가 잤다고 그래?"

오춘석은 발끈했다. 자다 깨서인지 목소리가 갈라지고 강약 조절도 되지 않았다.

도서관 건물 뒤쪽에는 사람들이 별로 없었다. 빗물과 흘린 음료수가 엉겨 붙어 녹이 슬은 음료수 자판기만 덩그러니 놓였다. 옆에 레고블록처럼 쌓인 에어컨 실외기가 연신 더운 공기를 뿜어 댔다. 김장억과 오춘석은 평일 도서관 방문자에게 주는 무료 드립 커피를 들고 벤치에 앉았다. 오춘석은 여태 분을 삭이지 못했다.

"내가 뭐 어쨌다고. 책 보다가 좀 잘 수도 있지."

"이렇게 작은 도서관은 열람석 수가 많지 않아. 젊은 애들 보기에는 자리만 차지하는 것처럼 보이겠지."

"걔들은 잠도 안 자나? 그리고 그 기둥서방처럼 생긴 놈은 사람 깨우러 다니는 것이 자기 일이야? 책 정리하고, 대출 반납 처리하고, 청소하고, 뭐 그런 걸 해야지. 여기 주변만 봐도 그래. 청소가 하나도 안 돼 있잖아. 괜히 아무 피해도 주지 않는 우리한테만 뭐라 그래."

"어떤 사람들에겐 존재하는 것만으로도 피해일 수 있어."

"말 같지도 않은 소릴."

오춘석은 남은 커피를 단숨에 들이켰다. 빈 잔을 만지작거리며 물었다.

"자넨 졸리지도 않나? 배부르고 조용하니 난 잠이 솔솔 쏟아지던데."

"요즘은 잠도 잘 오질 않아."

"아까부터 무슨 책을 그리 열심히 보고 있었어?"

"수니 이야기, 라는 책이야."

"순이?"

"순이가 아니라 수니."

"자네 처 이름하고 비슷해."

"그렇지. 그래서인지 제목이 한눈에 들어오더군."

"무슨 내용인가? 설마 죽은 마누라 이야기는 아닐 테고."

"수니 피아트리라는 여자의 전기야. 남아메리카의 어느 오지에서 태어났는데 아주 기괴한 외모를 지녔대. 피부가 몹시 쭈글쭈글하고 원숭이처럼 털도 많아 나이 스물에 70대 늙은이처럼 보였다더군. 현대 의학으로 보면 조루증? 아마도 그 비슷한 것이 아닐까 싶어. 하지만 머리 하나만큼은 영특했던 모양이야. 수니는 1900년대 초반 선교사를 따라 미국으로 건너갔어. 학교도 보내 주고 돈도 벌 수 있다는 말만 믿고 먼 길을 떠났지만 그게 불행의 시작이었지. 그 선교사라는 작자가 사실 사기꾼에 파렴치한 장사꾼이었거든. 놈은 미국에 도착하자마자 노예 상인에게 수니를 팔아 버렸어.

그녀의 모습은 금세 사람들의 이목을 끌어모았어. 기형적인 외모의 사람들을 모아 공연을 벌이는 프릭 쇼라는 것이 당시엔 유행이었거든. 서커스단, 선술집, 광장 같은 곳에서 춤과 노래를 부르며 노예처럼 살던 수니는 나중엔 만국 박람회 전시실에 갇힌 채 백인들의 관람 거리로 추락해 버렸지. 훗날 비인간적인 대우에 항의하는 여론이 거세지면서 풀려나긴 했지만 이미 건강도, 정신도 피폐해진 다음이었어. 결국, 수니는 정신 병원에서 남은 생을 마감했어."

"비참하구면."

"하지만 속사정을 모르는 백인들은 수니의 겉모습이 호호 할머니인지라 신의 축복을 받아 천수를 누렸다고 생각했어. 당시 평균 수명이 쉰도 안 됐으니까. 수니의 일기장이 나중에 발견되었는데 거기에 이런 말이 적혀 있었대. 바쿠바쿠가 보고 싶어요."

"바쿠바쿠?"

"자기네 부족 말로 축제라는 뜻이래."

"무슨 축젠데?"

"글쎄. 그건 수니만 알겠지."

남자 직원 하나가 청소 집게와 쓰레기봉투를 들고 밖으로 나왔다. 담벼락 아래 수풀을 뒤적거렸다. 오춘석이 그에게 소리쳤다.

"저쪽 끝에 있소. 창고 뒤편에."

남자는 총총 그곳으로 걸어갔다.

"뭔가?"

"뒤에 죽은 꽹이가 있으니 냉큼 거둬 달라고 말했어."

"그건 또 언제 찾아냈누. 자네 눈엔 그런 것만 보이나? 여하튼 설레발은 못 말려."

오춘석은 시계를 확인했다.

"벌써 이렇게 됐나? 난 그만 가 봐야겠어. 저녁에 들러야 할 곳이 있어서."

"그러시게. 내일 기차역에서 봄세."

"따로 챙겨 갈 것은 없나?"

"그냥 몸뚱이만 오면 돼."

오춘석은 가방을 메고 계단 아래로 내려갔다. 김장억은 커피를 조금씩 나눠 마셨다. 묵직해진 쓰레기봉투를 들고나오는 남자를 오도카니 바라봤다.

　　　　　　＊　＊　＊　＊

　둘은 스쳐 가는 풍경을 바라봤다. 열차가 속도를 낼수록 푸른 산등선
이 위아래로 일렁이며 파도를 탔다. 전봇대의 거미줄 같은 전선 다발이
흩어졌다가 뭉치기를 반복했다. 규칙적으로 덜그럭거리는 바퀴의 소음
이 건넛집 백구의 괜한 컹컹거림과 비슷했다. 레일과 바퀴가 만나 만들
어 내는 쇠의 진동은 객실 안 물때 낀 바닥과 군청색 좌석 시트와 아무
리 닦아 내도 희뿌연 것이 지워지지 않는 수동식 개폐 창문과 위태롭게
매달린 천장의 선풍기를 마구 흔들어 댔다.

　오춘석은 시트의 변색한 부분을 쿡쿡 눌러 봤다. 등받이 가운데가 쿠
션이 죽어 푹 꺼졌다. 그는 인상을 구기더니 자세를 이리저리 바꿔 앉았
다. 하지만 채 5분을 그대로 있지 못했다. 김장억이 말했다.

　"그래도 비둘기나 통일호보단 낫잖아."

　"노망났어? 걔들 사라진 지 언제인데."

　"그런가."

　"근데 여기 카트는 없나? 주전부리 파는 구루마."

　"이제 객실에선 먹거리 안 팔아. 앞쪽에 식당 칸 있으니까 출출하면
거기서 먹든가."

　"됐네. 기차 여행은 자리에서 사 먹는 맛인데."

　"뭐라도 싸 올 걸 그랬군."

　"그렇게 말이야."

　턱을 괴고 창밖을 바라보던 오춘석이 문득 물었다.

　"군산에 놀러 갔을 때 기억나나? 순이하고 막둥이 여동생하고 다 같이
갔었지. 그게 언제였더라? 내가 군 막 제대했을 때 같은데."

"꽤나 오래전 일이지."

"그때만 해도 등을 마주 대고 앉는 좌석이었는데. 하긴 제대로 된 의자도 아니었지만. 좌석 지정 같은 것은 아예 없었고 말이야. 개표하자마자 달려가 앉으면 장땡이었잖아. 그때 순이가 사람들에 밀려 열차 아래 빠졌었지?"

"빠진 게 아니라 한쪽 다리가 철로와 열차 아랫부분에 낀 거야."

"여하튼. 그래서 나하고 여동생이 소리소리 지르며 난리 쳤고 사람들이 와르르 달려들어 그 무거운 열차를 들어 올리려고 낑낑댔지. 그때 자네 표정 참 볼만 했는데."

"그랬겠지. 그땐 한참 서로 좋아 죽을 때였으니까."

"그 바람에 바리바리 싸 온 음식과 가방도 다 잃어버렸지."

"큭큭큭."

"그날 참 무더웠는데. 3등 객실이라 제대로 돌아가는 선풍기도 없었고. 그것도 기억나나? 하도 더워 창문을 열었는데 하필 터널로 들어가 버렸잖아. 부리나케 다시 닫으려고 했지만, 그 고물은 도통 닫히지 않았어. 하하하."

"덕분에 매연에 새까매진 삶은 계란을 먹었지."

길은 멀었다. 아침에 출발했지만, 열차 그림자가 논밭을 다 덮을 정도로 길어질 때까지 달렸다. 쫓아오는 새마을호가 가까이 오면 역마다 정차해 지나갈 때까지 기다렸다. 오춘석은 왜 이리 느리냐며 투덜댔지만, 나중에는 별말을 하지 않았다. 빨리 가 봤자 달라질 것 있겠느냐는 김장억의 핀잔을 들은 후부터 그랬다.

김장억은 논틀길을 따라 걸었다. 마른 곳을 잘 보며 발을 디뎠다. 혹시 바닥이 허술하진 않은지 지팡이로 자주 확인했다. 택시가 마을 어귀에서 이리 멀리 세워 줄 것이라고는 생각도 못 했다. 무릎 통증이 심해질 때마다 김장억은 말귀를 못 알아듣던 택시 기사를 욕했다. 걷는 모양새가 늙은이답지 않은 오춘석은 벌써 저만치 앞서갔다. 마을 초입 고샅길에서 슬쩍 뒤를 돌아보았다.

오춘석은 담벼락 한쪽이 거의 허물어진 집 앞에 섰다. 고개를 빼고 안을 살폈다. 낯선 이를 보고도 꼬리를 살랑거리는 누렁이만 이리저리 지랄을 떨었다.

"여긴가?"

"그런 것 같으이."

오춘석이 안을 향해 소리쳤다.

"실례합니다."

파란 모기장이 처져 있는 대청 안쪽에서는 아무 소리도 들리지 않았다. 다시 한번 불렀다.

"계세요?"

"뉘시오?"

집 뒤쪽에서 등이 90도로 구부러지고 정수리 꼭대기가 흰한 할머니가 나타났다. 두 개 남은 앞니 이빨 사이로 나오는 목소리가 마을의 정적을 닮았다. 할머니는 오춘석보다 족히 열 살은 많아 보였다.

"뭐 좀 여쭤보겠습니다. 어르신. 이 댁이 마을에서 제일 오래됐으니 예서 물어보라고 해서요."

"누가요?"

"이장님이요."

"물어보쇼."

"혹시 거북 나무라는 게 어디 있는지…."

"뭔 나무?"

"거북 나무."

"…."

"두꺼비 나무라고도 불린다는데요."

"…."

"마을 전경이 잘 보이는 언덕 위에 있다는데. 큰 바위가 그 근처에 있고요."

"저 짝으로 가 보시오."

할머니가 가리키는 곳은 뒷산으로 올라가는 오솔길이었다.

"소나무가 지금도 있나요?"

"그 나무는 이제 없어요. 작년에 서울에서 온 건설회사가 골프장 만든다고 뒷산 멧부리를 다 깎아 냈어요. 뽑아낸 나무들은 무슨 화원에서 다 가져갔고. 지금은 터만 있을 거요. 근데 거긴 왜 찾아요?"

"할-머-니-이."

그때 집안에서 대여섯 살쯤 되어 보이는 아이가 걸어 나왔다. 머리가 하늘로 뻗쳤고 얼굴에 베개 눌린 자국이 남았다. 낮잠에서 깬 아이는 할머니를 보자마자 뭐라고 징얼거렸다. 할머니는 주머니에서 꺼낸 사탕 하나를 입에 넣어 주고는 품에 안았다. 조그만 입을 부지런히 오물거리는 아이는 낯선 이에게서 시선을 떼지 못했다. 김장억이 말했다.

"아주 씩씩하게 생겼습니다, 그려. 그놈 장군 상일세."

"손녀요."

시큰둥한 대답만 돌아왔다. 오춘석이 끼어들었다.

"애 아빠는 어디 나갔나 봐요?"

"축제 준비 때문에 마을 회관에 갔어요."

"축제요? 이곳도 특산물 축제가 있나 보군요."

"아무리 코딱지만 한 곳이라도 놀거리, 먹거리가 없겠어요? 정하고 만들고 즐기면 그게 축제지."

올라가는 데 한참 걸렸다. 오춘석 혼자였다면 이십 분이면 충분했을 것이다. 쉬엄쉬엄 노량으로 가다 보니 그렇게 됐다. 정상에 선 김장억은 주변을 살폈다. 그때만큼은 지친 눈동자에 생기가 돌았다. 할머니 말대로 반대편 산자락은 날카롭게 베어져 황토색 속살을 그대로 드러냈다. 넓적한 바위 근처에 커다란 구멍이 뚫렸는데 그 안에는 잘려 나간 나무 뿌리들이 어지러이 파묻혀 있었다. 너덜겅 주위를 천천히 걸었다. 자리에 쭈그리고 앉아 두 손으로 흙을 팠다. 세석과 잔뿌리가 섞여 올라왔다. 토양은 한낮의 온기를 여전히 품었다. 코를 박고 깊이 숨을 들이켰다. 한참을 그대로 있었다. 손바닥으로 흙을 연신 비볐다. 툭툭 털고 일어났다. 바위 위에 걸터앉아 땀을 닦고 있는 오춘석에게 갔다. 옆에 앉았다.

둘은 서쪽 하늘을 보았다. 해는 이미 산 아래로 내려갔다. 배 쪽이 밝은 분홍으로 물든 토실토실한 구름 덩어리가 등선을 따라 흘러갔다. 산잔등은 무채색 옷을 느긋하게 갈아입는 중이다. 마을을 구불구불 관통하는 시멘트 도로 위로 트랙터 한 대가 덜덜거리며 굴러갔다. 노을빛에 씻긴 집 지붕들은 탈색된 것처럼 보였다. 동네는 초저녁 풍광에 녹아 어정어정 뭉그러졌다. 두 늙은이의 주름살마다 매달린 붉고 노란빛이 아코디언 주름상자처럼 흔드적댔다. 산영을 오도카니 보던 오춘석이 말했다.

"순이가 말한 것이 이건가?"

"음."

"좋네.

운치도 있고."

"젊은 날에는 동틀 때가 좋았는데. 나이가 드니까 저녁놀이 더 예쁘구면. 다 변해도 저놈은 그대로야."

"놀이 달라질 게 뭐 있겠나."

명지바람이 둘 사이를 은근히 지나갔다. 근처 나무의 이파리들이 까르르 환호성을 질렀다. 오춘석이 물었다.

"순이 마지막은 어땠나?"

"힘들었지. 그토록 바라던 품위 있는 죽음 따위는 없었어. 긴 고통과 짧은 죽음뿐이었어. 그나마 다행인 것은 눈 감기 전 잠시나마 정신이 말짱해졌다는 거야. 한 십분? 아마 그쯤 됐을 거야. 순이는 함께 거북 나무 아래 앉아 바라본 저녁노을에 대해 말했어. 그 옛날 일을 마치 어제처럼 기억하더군."

"…."

"그때가 제일 좋았다고. 내 인생의 축젯날이었다고."

"…."

"…그런데 말일세. 자네에게만 고백할 것이 있네."

"음?"

"난 여기 순이랑 온 적이 없어."

"뭐?"

"이 마을도 처음이고."

"어허. 참."

"…."

"머리 좋은 자네 말이니 맞겠지. 얄망궂구먼. 그럼 순이는 예서 누구랑 있었던 걸까?"

김장억은 색이 시나브로 변해 가는 해거름을 바라보며 중얼거렸다.

"그걸 지금 알아 뭐하겠나. 놀이 저리 아름다운데."

오춘석은 얼굴과 팔에 달려드는 날벌레를 손으로 쫓았다. 하지만 젊고 날랜 것에 이미 많이 물린 후였다. 오춘석은 김장억의 지팡이를 거꾸로 잡고 등을 득득 긁기 시작했다.

발명의 효과

전화를 받은 것은 목요일 오후였다. 모르는 번호가 전화기 액정 화면에 찍혔다.

　"거기, 상면인감?"

　옴팡지게 늙은 목소리였다. 말투에서 어렴풋한 기억이 묻어났다. 볼일이 있어 특허청에 왔는데 문득 생각이 나서 이렇게 전화했다고 말했다. 사무실 전화번호는 안내 데스크에서 알려 줬다고 했다. 데면데면한 안부가 오갔다. 전화상으로 할 만한 얘깃거리는 금세 떨어졌다.

　"지하 카페에 있을 테니 시간 날 때 아무 때나 내려온나."

　노인은 구석 자리에 앉아 녹차를 마시고 있었다. 먼저 알아본 그가 손짓하며 이름을 불렀다. 거구의 몸집, 유난히 큰 목소리, 벗어진 머리, 계곡의 깊은 골을 연상시키는 이마 주름에서 상면은 옛 모습을 찾아냈다. 엉뚱함. 일상의 일탈. 설명하기 힘든 낯섦. 김복만이라는 이름에는 그런 것들이 그림자처럼 따라붙어 다녔다. 뜻밖의 재회에서 갓 잡은 참붕어의 벌어진 선홍빛 아가미 같은 생생한 추억을 떠올렸다.

　김복만은 부산 출신으로 아버지와는 둘도 없는 친구였다. 하지만 5년 전 서울에서 함께 무슨 사업을 하다 망하고 나선 연락이 뜸해졌다. 젊은 시절 김복만은 전당포, 오퍼상, 술집, 대부업, 나이트클럽까지 시골 장터 장사치처럼 생잡이로 일을 벌였다. 그는 무언가에 정신이 팔리면 거기에 푹 빠지는 부류였다. 고장 난 TV를 고쳐 주겠다면서 상면네 집 거실에서 반나절 동안 분해와 조립을 하기도 했고 삐걱거리던 현관문을 수리하다 버럭 성질을 내며 아예 새로 사서 온 적도 있었다.

　김복만은 어린 상면을 예뻐했다. 형과 다투기라도 하면 늘 동생인 상면 편을 들어주었다. 한쪽 벽에 주르르 도배된 상면의 초등학교 우등상장을 보곤 그 큰 목소리로 민망할 만큼 칭찬을 했다. "이놈이 나중에 집안을 일으킬 놈이여." 그리곤 빳빳한 지폐 몇 장을 손에 쥐여 주었다. 상면이 고2 때였다. 자기가 운영하는 성인 나이트클럽으로 초대를 한 적이 있었다. 물론 상면 아버지는 모르는 일이었다. 눈알만 뒤룩뒤룩 굴리며 룸 구석 자리에 앉아 눈치만 살피고 있었는데 양주와 푸짐한 과일 안주가 안으로 들어왔다. "남자 나이 열여덟이면 술과 여자를 알아야 하는 법이제. 난 열다섯에 처음으로 여자와 잤응께." 그가 말을 끝내자마자 거의 벌거벗은 여자들이 룸 안으로 들어왔다.

　김복만과 아버지, 상면 형제가 함께 근교 저수지로 낚시하러 갔을 때 일이다. 무려 7대나 낚싯대를 펼치고 앉았음에도 입질이 전혀 없던 지루한 오후였다. 소소한 잡담거리도 다 떨어져 갈 무렵 김복만은 팔뚝만 한 잉어를 건져 올렸다. 비늘에 상처 하나 없이 깨끗하고 살집도 튼실한 잘생긴 놈이었다. 김복만은 잉어 대가리를 말없이 한참 들여다보다가 그냥 다시 물속으로 던져 버렸다. 깜짝 놀라며 풀어 준 이유를 묻는 아버지에게 이렇게 대답했다.

　"잉어 콧구멍이 사람 것을 닮았구먼. 코는 사람이나 물째기나 중요한 것이제."

　"왜?"

"면상 한복판에 있응께."

그는 아무 일 없다는 듯이 다시 낚싯줄을 드리웠다. 엉뚱한 생소리에 상면 형제는 폭소를 터트렸지만, 아버지는 웃지도 않고 말했다.

"아이고, 지겹다. 저런 농지거리."

김복만이 양복 안주머니에서 무언가를 꺼냈다. 명함 뭉치였다. 모양과 색이 서로 달랐다. 그중 하나를 건넸다. '모텔 린포체'라는 간판이 걸린 사진 속 건물은 모텔이라 부르기 민망할 정도로 허름했다. 그 아래 전화번호와 홈페이지 주소가 보였다. 위치는 부산시 사하구였다. 다대포 해수욕장 지하철역에서 멀지 않은 곳이라 했다.

"거기 지하철역이 들어섰어요?"

"생긴 지 얼마 안 됐어."

평생 전국을 떠돌던 그도 늘그막에 돌아간 곳은 결국 고향이었다.

"자네도 와 본 지 꽤 되지 않았는감?"

"예. 많이 변했겠네요."

김복만은 옛 다대동 풍경을 시작으로 화력 발전소와 가락 타운이 조성될 당시에 어땠는지에 대해 이야기했다. 을숙도, 감천항, 감천동 마을, 다대포 해수욕장과 근방 공원이 정말 많이 달라졌다는 말도 했다. 그 좋은 해변 모래사장에다 예술이네 뭐네 하며 거대하고 요상한 사람 조각상을 세워 경광을 다 망쳤다는 불평도 늘어놨다. 상면은 명함을 만지작거리다 물었다.

"요즘은 숙박업 하시나 봐요."

"고건 부업이고 본업은 따로 있지."

건네받은 다른 명함에는 발명가라고 적혀 있었다. 뒷면에는 그동안 출원한 발명의 출원 번호와 명칭이 빼곡했다. 대부분의 개인 발명가처럼 발명 간에 어떠한 연관성도 없어 보였다. 치약 뚜껑 간편 개폐 장치와 지구 온난화 방지를 위한 이륜차 동력 공급 장치까지 발명은 아무렇게나 버려진 폐그물망처럼 중구난방이었다. 다대1동 발전 번영 위원회회장. 지역 복지 안녕 추진 및 홍보 협회장. 행복하게 살기 운동 본부 사하구 지부장. 정체성 모호한 직함이 가득한 명함들이 줄줄이 나왔다.

김복만은 자기 발명을 담당하는 심사관과 면담을 하기 위해 대전에 왔다고 했다. 전화상으로는 도통 말귀를 못 알아먹어 직접 발명품을 들고 새벽부터 올라왔다며 투덜댔다. 배낭 안에서 노트북만 한 로봇을 꺼냈다. 조잡하게 생긴 플라스틱 등껍질을 등에 이고 밑에는 세 개의 고무바퀴를 가진 거북이처럼 생긴 것이었다. 손에 들고 요리조리 돌리며 구석구석 보여 주었다. 엉덩이 위쪽에 작은 램프가, 아래쪽에는 금속 갈퀴가 있었고 건들건들 흔들리는 머리통에는 좁쌀만큼 작은 두 개의 눈과 커다란 코가 우스꽝스럽게 붙어 있었다. 거북이 코는 검은색의 구체로 윤이 났다. 김복만은 그것을 테이블에 올려놓았다. 시연을 보여 주겠다고 했다.

"요놈 얼굴을 가치이 보게."

상면은 거북이 머리통을 똑바로 바라보았다. 거울처럼 반들거리는 새까만 코에 상면의 얼굴이 비쳤다. 주인을 바라보는 강아지 눈동자 속의 눈부처처럼 맑고 선명했다. 약한 전자음이 났다. 한가운데 빛이 들어왔다. LED가 만들어 내는 빛은 꽃 모양을 만들었다. 거북이 코에 피어난 붉은 꽃. 그 꽃을 중심으로 파란색과 노란색 원이 번갈아 나타나며 동심원을 그렸다. 등 쪽 작은 램프가 푸르게 깜빡였다.

"사람 얼굴을 인식하면 요로콤 동작하지."

거북이를 뒤집어 들었다. 배 밑에 붙은 뒷바퀴가 회전하고 앞바퀴가 방향을 바꿨다. 금속 갈퀴도 좌우로 움직이기 시작했다. 마치 햇강아지가 배를 뒤집고 바동대는 것 같았다.

"이놈은 백사장을 기어 다니며 그림을 그리는 로봇이야."

"바닷가 모래사장에요?"

"그러제."

그제야 후방 모래 갈퀴의 용도가 보였다.

"무슨 그림을 그리는데요?"

김복만은 카페 안 사람들이 모두 쳐다볼 만큼 크게 폭소를 터트렸다. 어린 시절 들었던 웃음소리 그대로였다.

"이 사람아, 그걸 내 어찌 아나? 지가 그리고 싶은 것을 그리겠지."

상면은 어이가 없어 그냥 따라 웃었다.

"다대포 모래밭에 앉아 한적한 새벽 바다를 바라보다가 불현듯 빡하고 대갈빡에 아이디어가 떠올랐어. 여길 도화지 삼아 그림을 그리면 좋겠다고 말이야. 발명의 효과를 묻는 담당 심사관에게 똑같은 이야기를 해 줬는데 전혀 이해를 못하더라고. 모든 발명에는 목적, 구성, 효과가 뚜렷해야 한다나 뭐라나. 도대체 이 발명이 무슨 차별화된 효과를 가지느냐고 반문하데? 게다가, 우리나라는 서면주의라 명세서와 청구항을 잘 써야 등록을 받을 수 있지 실물은 가져와도 참고만 할 뿐이다, 이러더라고. 사람 면상을 보면 깨어나 움직이고 알아서 그림 그려 주고. 아니, 이렇게 명명백백한 발명품이 어디 있어? 그런 것도 심사관이라고 앉아 있으니. 발명의 ㅂ자도 모르는 무식한 놈 같으니라고."

상면은 그의 기분이 상하지 않게 조심하면서 특허 청구항, 인용발명들과의 차별성, 보정 등에 관한 몇 가지 조언을 해 주었다. 설명하는 내

내 김복만은 별 반응 없이 묵묵히 듣기만 했다.

건물 출입구까지 배웅했다. 헤어질 때쯤 그가 말했다.

"날 좋을 때 아버지 모시고 바다 보러 한번 놀러 오너라."

걸어 나가는 김복만의 뒷모습을 바라보았다. 등에 멘 배낭의 열린 지퍼 사이로 삐죽 튀어나온 거북이 머리통이 보였다. 걸음을 옮길 때마다 대가리가 건들거렸다. 상면은 사무실로 향했다. 몇 걸음 떼기도 전에 자신의 이름을 부르는 소리가 뒤에서 들려왔다. 돌아봤다. 밖으로 나갔던 김복만이 어느새 다시 실내로 들어와 회전문 앞에 서 있었다. 그가 크게 소리쳤다.

"잘 가라!"

1층 로비가 쩌렁쩌렁 울렸다. 주변 사람들이 힐끔거리며 둘을 번갈아 쳐다보았다. 김복만은 아랑곳하지 않고 작별의 손짓을 해 댔다. 흔드는 손이 바람에 이리저리 휘날리는 들꽃처럼 보였다. 상면은 얼굴이 붉어졌다. 발걸음을 재촉했다. 4동 입구에 다다랐을 무렵 다시 뒤를 봤다. 김복만은 여전히 이쪽을 향해 손을 흔들고 있었다.

＊　＊　＊　＊

압력밥솥이 하얀 김을 토해냈다. 마치 급브레이크가 걸린 바퀴처럼 끼익, 비명을 질렀다. 뚜껑을 열고 공기에 잡곡밥을 담았다. 냉장고에서 오징어 젓갈, 김치, 콩나물 무침을 꺼내 접시에 얹었다. 전자레인지에 데운 김칫국과 어젯밤 만들어 놓은 돼지고기볶음도 놓았다. 상을 들고 안방으로 들어갔다.

"저녁 드세요."

백발노인이 침대 자리에서 일어났다. 종일 누워 있었음을 알려 주기라도 하는 양 뒷머리가 사방으로 뻗쳤다. 머리맡에는 사진첩이 산처럼 쌓여 있다. 노인은 옆구리를 긁적거렸다. 내복 사이로 빨래판 같은 주름이 물결쳤다. 앨범 중 하나를 밥상 옆에 내려놓고 펼쳤다. 밥 한술 뜨고 한 번. 국 한 모금 마시고 한 번. 노인의 시선은 밥상과 사진 사이를 오갔다. 군데군데 사진이 빠져 있다. 말라비틀어진 접착제가 만들어 놓은 네모난 누런 자국이 허전했다.

"상적이는 언제 온다니?"

"어서 식사하세요."

상면은 앨범을 한쪽으로 치웠다. 노인은 다른 앨범을 꺼내 펼쳤다. 이빨 빠진 사진첩이 한 장씩 넘어갔다. 수저와 그릇이 부딪치는 소리. 종이 넘기는 소리. 끙끙거리며 앉은 자세를 바꾸는 소리. 대나무로 만든 효도 손이 등을 벅벅 긁는 소리. 트림 소리. 폐 속 깊숙이 끓어오르는 가래 소리. 익숙한 기척이 작은 방안에 흘렀다. 상면은 TV 리모컨을 찾아 전원 버튼을 눌렀다. 주말 드라마가 재방송되고 있었다. 남자 주인공이 눈물범벅이 되어 헤어진 연인에게 하소연하는 장면을 잠시보다 채널을 돌렸다. '걸어서 세상 속으로'라는 여행 프로그램이 나왔다. 커다란 강을 따라 낡은 동력선을 타고 가는 여행자들이 화면에 비쳤다. 가이드는 이 강의 길이와 여기에 사는 물고기 종에 관해 설명했다. 카메라는 배 선미에 끓어오르는 물거품을 비췄다. 거품은 좌우로 갈라지며 지나간 배의 흔적을 강물에 새겼다. 채널을 돌렸다. 네팔 지진에 관한 뉴스가 방영되고 있었다. 무너진 건물 위에 올라간 사람들이 맨손으로 잔해를 치웠다. 반쯤 쓰러진 오래된 사원과 먼지투성이 사내아이의 모습이 화면에 담겼다. 아이는 무너진 건물을 가리켰다. 안에 형이 갇혀 있다고 말했다. 아이는 하염없이 울기만 했다. 가뭄 철 논바닥처럼 쩍쩍 갈라진 아스팔트 도로를 배경으로 리포터가 소식을 전했다.

"네팔에서 발생한 로이터 규모 7.8의 강력한 지진으로 최소 수천 명이 숨졌고 유네스코 문화유산 7곳 중 4곳이 파괴되는 등 큰 피해를 보았습니다. 현재 수도 카트만두에 집중된 구조 작업은 점차 외곽으로 확대되고 있습니다. 조금 전 히말라야 트레킹 코스로 인기가 많은 카트만두 북쪽 라수와 지역 랑탕 계곡에서도 외국인을 포함해 51구의 시신이 수습되었다는 소식이 전해졌습니다. 오늘 3시 공식 집계된 사망자는 7,240명, 부상자는 만사천여 명입니다. 앞으로 시간이 지남에 따라 희생자 수가 점점 더 늘어날 것으로 예상합니다."

카메라는 어느 자원봉사 단체의 모습을 비췄다. 티베트와 부탄에서 온 사람들이었다. 기자는 젊은 스님과 인터뷰를 했다. 그는 구조 활동의 어려움을 말하며 각국의 더 많은 동참을 호소했다.

노인은 앨범에서 눈을 떼고 클로즈업된 TV 속 스님의 얼굴을 빤히 바라봤다. 노인이 물었다.

"상적이가, 쟤가 왜 저기 있냐?"

눈매가 닮았다. 갈색 눈동자가 비슷하다. 납작한 콧등이, 들린 콧구멍이 빼 박았다.

"…봉사 활동 갔어요."

"저기가 어디냐?"

"네팔이래요."

"밥은 잘 먹고 다니남?"

"그렇겠죠."

상면은 빈 그릇을 켜켜이 포갰다. 상을 들고 부엌으로 갔다. 싱크대 물 쏟아지는 소리가 요란했다. 노인은 TV에서 눈을 떼지 않았다. 스님이 다시 화면에 나오길 기다렸다. 노인이 부엌을 향해 소리쳤다.

"애야. 근데 저기가 어디냐?"

물소리 때문에 노인의 물음을 잘 듣지 못했다. 상면은 수도꼭지를 잠그고 안방을 향해 소리쳤다.

"뭐라고요?"

"저기가 어디냐?"

"네팔이요."

"어디?"

"네팔."

다시 물을 틀었다. 집안은 온통 달그락거리는 소리로 가득 찼다.

＊　＊　＊　＊

김복만을 만난 지 일주일쯤 지난 어느 오후였다. PC 모니터에 노란 문자 메시지가 깜빡거렸다. 동기가 KIPO 메신저를 통해 메시지를 보내왔다.

- 김복만이라는 출원인 알지?

- 그냥 조금.

- 너 잘 안다던데. 무슨 관계?

- 아버지 친구.

김복만은 그동안 대전에 세 번이나 왔었다. 담당 심사관과의 면담 때문이었다. 동기의 짜증 섞인 하소연은 계속됐다. 심사지침서 규정, 관련 특허법 조항, 유사 참증과 판례 등을 하나씩 집어 가며 당신의 발명은 이러저러한 이유로 특허받을 수 없다고 수없이 설명했다. 인용발명으로 사용한 팸플릿과 인터넷에서 돌아다니는 동영상도 찾아 보여 주었다. 화면 속에서는 미국 벤처 회사가 만든 '비치봇'이란 이름의 두더지처럼 생긴 로봇이 꾸물꾸물 백사장을 기어 다니며 모래 바닥에 그림을 그렸다. 디즈니 애니메이션에 나오는 캐릭터, 아름다운 성, 커다란 나무 같은 그림이 석양이 저무는 바닷가 해변에 만들어졌다. 비치봇은 김복만의 거북이 로봇과 모래밭에 그림을 그린다는 점에서 흡사했다. 외견도 많이 닮아 있었다. 다른 점이라곤 우스꽝스럽게 생긴 반들거리는 검은 코뿐이었다. 김복만은 심사관의 어떠한 설명도 들으려 하지 않았다. 그는 자기 발명품이 왜 우리 모두에게 필요한 것인지, 발명의 효과가 얼마나 대단한지, 벽력같이 우렁찬 목소리로 주장할 뿐이었다.

상면은 서랍에 넣어 둔 김복만의 명함들을 꺼냈다. 다대1동 발전 번영 위원회 회장부터 모텔 린포체 대표까지 모두 책상 위에 늘어놓았다. 명함에 적혀 있는 홈페이지로 들어갔다. 석양이 비치는 해변 사진과 그위에 조잡하게 합성한 건물이 나타났다.

린포체 오시는 길. 예약하는 방법. 감천문화마을, 몰운대, 을숙도 생태공원 같은 주변 관광 안내…. 하나씩 클릭해 대충 살펴보았다. 마지막 메뉴를 펼쳤다. 린포체의 뜻과 그것에 얽힌 이야기가 쓰여 있었다.

'린포체란? 죽은 후 다시 인간의 몸을 받아 환생한 큰 스님을 일컫는다. 촉이 니마 린포체 스님은 이에 대해 이렇게 설명했다. 베율은 하나가 아니라 수십 개가 있으며 히말라야 곳곳에 숨겨져 있다. 그러므로….'

마우스 휠을 돌려 화면을 더 아래로 내렸다.

'1,900년간 여섯 번 환생했다는 촉이 니마 린포체는 평범한 가정에서 태어났다. 본명은 라이돌지로 3살 때 린포체가 되었다. 라이돌지가 티베트의 정신적 지도자인 지금의 제6대 린포체로 성장하기까지는 많은 어려움이 있었다. 아버지는 라이돌지를 사원에 보내고 싶어 하지 않았다. 집안의 장손이고 자신의 가업을 이어야 한다는 표면적인 이유를 들었지만, 속내는 달랐다. 그것은 혈육 보전에 대한 동물적 본능이었다. 하지만 아이를 데려가려는 큰스님의 설득은 그보다 더 질겼다. 만일 고집을 부려서 린포체로 선택된 아이를 사원에 보내지 않고 계속 데리고 있으면 장차 크게 아프거나 심지어 죽을 수도 있다 했다. 오랜 고민 끝에 아버지는 아이를 사원에 보냈다. …그렇게 라이돌지는 린포체가 되었다. 처음에는 한 달에 한 차례 상봉을 허락했다. 하지만 점점 주기가 길어졌고 아이가 9살이 되면서부터는 만남조차 거부당했다. 십 년이 지났다. 이제 아이는 청년이 되었고 아버지와는 다른 세상에서 린포체로서의 삶을 살고 있다. …한 달에 한 번, 지금도 아버지는 여전히 사원에 간다. 그가 할 수 있는 일은 기도를 올리는 것뿐 다른 것은 아무것도 없었다.'

린포체에 대한 긴 설명 끝에 사진이 한 장 붙어 있었다. 사원 담벼락에 머리를 대고 두 손을 모으고 있는 늙은이의 모습이었다.

*　*　*　*

에스컬레이터를 타고 지하로 내려갔다. 환승 위치를 알려 주는 초록색 노선만 따라 걸었다. 상면은 고속버스를 이용해 강남 고속버스 터미

널에 도착한 후 3호선을 타고 교대역에서 내렸다. 그때까지만 해도 견딜 만했다. 선릉역까지는 겨우 세 정거장이다. 등에서 식은땀이 흘렀다. 괜찮다. 괜찮을 거다. 속으로 계속 되뇌었다. 환승 통로를 걷는 내내 그랬다. 사람들은 나그네쥐처럼 한쪽으로만 움직였다. 앞사람 등만 보며 걸었다. 시내버스를 타고 가야 했는데. 택시라도 잡아탈걸. 애초에 서울에 오는 것이 아니었다. "이번 의무 미팅에는 꼭 나오셔야 합니다, 안 그러면 페널티 무서워 돼요."라던 결혼 정보업체의 전화가 원망스러웠다. 처음부터 그따위 업체에 동기들과 단체로 가입하는 것이 아니었다. 머릿속에서 후회의 너울이 커졌다가 작아졌다, 모습을 바꾸며 일렁였다.

슬라이드 도어 앞에 두 줄로 선 사람들 틈에서 숨을 몰아쉬었다. 앞에 선 여자 머리카락에서 풍기는 진한 린스 향. 점심때 무엇을 먹었는지, 오래된 튀김기름 냄새를 입과 코로 뿜어 대는 양복 입은 남자. 일 분마다 쿨럭거리는 노인의 쉿소리. 끈적거리는 손으로 과자를 집어 먹는 어린애의 쩝쩝 소리. 숨이 막힐 것만 같았다.

"잠시 후 잠실행 전철이 들어옵니다. 승객 여러분들께서는 노란 안전선 밖으로 한 걸음 물러나 주시기 바랍니다."

바람이 불어왔다. 시속 80킬로미터로 달려오는 쇳덩어리가 몰고 오는 바람은 슬라이드 도어를 들썩거리게 했다. 규칙적인 굉음을 일으키며 전철이 눈앞을 지나갔다. 사람들은 조금씩 문 쪽으로 밀착하기 시작했다. 이번에는 어떻게든 올라타야겠다는 표정이 얼굴마다 선명했다. 이마에서 땀이 뚝뚝 떨어졌다. 다리가 부들부들 떨렸다. 등 뒤로부터 꾸물꾸물 다가오는 인파에 밀려 몸이 점점 전철과 가까워졌다. 슬라이딩 도어가 푸욱, 깊은 한숨을 쉬며 열렸다. 상면은 슬금슬금 뒤로 물러났다. 막다른 골목에서 유령과 마주친 양 한 걸음씩 다리가 저절로 움직였다.

"좀 들어갑시다!"

뒤에서 신경질적인 소리가 들렸다. 상면의 흰자위는 붉게 충혈되었고 얼굴은 하얗게 질려 있었다. 누구도 앞으로 나가지 못하게 하려는 것처럼 손을 좌우로 벌리며 뒷걸음질쳤다. 뒤쪽 행렬은 뭉개지면서 뒤엉키기 시작했다. 열차 문 닫겠습니다. 안내 방송이 나오자 타려는 승객과 내리려는 승객, 그 사이에 버티고 선 상면의 몸싸움이 벌어졌다. 거친 욕이 여기저기서 튀어나왔다. 덩치 큰 남자의 손에 상면의 어깨가 잡혔다. 상면은 던져지듯 세차게 뒤로 밀렸다. 남자는 험악한 표정으로 상면을 노려봤다. 그는 사람들을 제치고 안으로 들어갔다. 마지막으로 간신히 전철에 올라탔다. 출입문이 악어 아가리처럼 쿵 하며 닫혔다. 덩치 큰 남자와 유리창을 사이에 두고 눈이 마주쳤다. 상면을 향해 가운뎃손가락을 바짝 쳐들었다. 독 품은 중지는 전철과 함께 터널 속으로 사라져 갔다.

만남 장소는 선릉역 주변 2층 카페였다. 출입문이 벌컥벌컥 열릴 때마다 터진 물줄기처럼 드나드는 사람들. 음료수를 쟁반에 받치고 좁은 테이블 사이를 요리조리 비켜 가는 종업원. 금주의 멜론 인기 가요 100을 무한 반복해 들려주는 스피커. 카페 안을 떠다니는 연인의 밀어. 주말 저녁은 산만한 수런거림으로 가득했다.

앞에 앉아 있는 여자의 외모는 출중했다. 인기 걸 그룹의 리드 싱어를 닮았다. 그녀는 아이스 모카 라테를 한 모금 빨아 마시고 예쁜 미소를 지으며 물었다.

"부산 분이라고 들었는데 사투리가 전혀 없네요?"

"어릴 적에만 살아서요."

"이런 자리 처음 아니시죠?"

대답 대신 침묵을 택했다.

"어차피 그쪽도 분기에 한 번은 의무적으로 소개팅에 나오셔야 할 테고 커피 한 잔 마시며 시간 보내다 가면 되겠지만, 그래도 지금 너무 티나게 지루해 보여요. …뭐, 결혼 정보업체의 특별 관리 회원들이 다 그렇겠지만."

여자는 웨이브 진 긴 갈색 머리카락을 왼손 검지와 중지로 비비 꼬면서 말을 이었다.

"소개팅하러 온 남자들, 대개는 어떻게든 제 번호를 따려고 해요. 우리 집안이 어떻다는 것쯤은 미리 알고 왔을 테니 더욱 그렇겠죠. 그런데 상면 씨는 뭔가 좀 다른 것 같아요. 네, 아니요, 말고 대답을 들은 기억이 별로 없네요. 이런 경우는 처음이에요. 웃기는 말 같지만, 그 덕에 오늘 그쪽이 좀 궁금해졌어요."

"…."

"서로 시간 낭비할 필요는 없겠죠."

연봉은 어느 정도신가요? 채무는 없으시죠? 집은 자택이신가요? 그 아파트 시세가 얼마나 되죠? 차는 어디 차인가요? 형이 있다고 들었는데 함께 사시나요? 형 직업은 뭔가요? 아버님께선 아직도 일하시나요? 언제까지 함께 사실 계획인가요? 개인 재무 설계사처럼 그녀는 모든 것을 알고 싶어 했다. 상면은 미소를 띠며 대답했다.

"궁금하신 게 많군요. 이젠 더 질문하지 않으셔도 됩니다. 저에 관한 것을 다 말씀드리지요. 하나도 빠짐없이요."

에스프레소를 한 모금 마셨다. 입안이 썼다. 끝에 살짝 단맛이 따라왔다. 여자의 눈을 바라보았다. 색이 푸른빛을 띠는 이유는 컬러 렌즈 때문일 것이다.

"전 24평 공무원 임대 아파트에서 살아요. 5년간은 아무 걱정 없이 살수 있죠. 거기서 아버지와 함께 지냅니다. 아버지는 사회 활동은커녕 저 없으면 아무 일도 못 하세요. 파킨슨병으로 거동이 불편할 뿐 아니라 정신도 온전치 못하니까요. 우리 가족도 한때는 평범했어요. 아버지가 사업으로 돈을 다 날려 버리기 전까지는요. 의자와 탁자, TV, 냉장고에 붙어 있는 붉은 딱지들. 밤마다 울리는 추심 전화. 현관문을 두드리는 소리. 빚쟁이들의 고함. 웃통을 벗고 온종일 거실에 누워 있던 깍두기들. 살벌했죠. 20대의 기억은 온통 그런 것뿐이에요. 그래도 그 시절 견딜만했던 이유는 형이 있었기 때문이 아닌가 싶어요. 덩치도 크고 싸움도 꽤 잘했거든요. 참, 형 이름을 말했던가요? 상적이에요. 오상적. 저보다 세 살 많아요. 형은 공부 머리는 없지만, 몸으로 하는 것은 다 잘했어요. 대학도 체대를 들어갔어요. 한때는 태권도 국가 대표를 꿈꾸기도 했고요. 가끔 툭탁거리긴 했지만 그래도 내 까칠한 성격을 다 받아 주는 착한 형이죠. 아버지께도 얼마나 잘하는지 주변 분들로부터 둘도 없는 효자라는 칭찬을 자주 들었어요. 타고난 성품이랄까. 남 돕는 일도 좋아했어요. 주말이면 보육원 같은 곳으로 봉사 활동도 종종 나갔으니까요. 형은 모든 면에서 나와 정반대에요. 내가 고시 준비하는 동안 형은 학교를 그만두고 취업을 택했어요. 지금 돌이켜 보면 그게 그때 형이 할 수 있는 유일한 선택이었을 겁니다. 가족 중 적어도 한 명은 돈을 벌어야 했으니까요. 처음엔 이런저런 폼나는 직장도 알아봤지만, 체대 중퇴 학력에 토익점수 같은 변변한 스펙도 없는 사람을 받아 주는 곳은 아무 데도 없었어요. 그러다 선택한 곳이 지하철 스크린 도어를 유지 보수하는 중소 업체였어요. 형은 하루 12시간, 주말도 없이 일했어요. 월급은 빚을 갚는 것으로, 동생 공부 뒷바라지 비용으로, 고스란히 들어갔어요. 그 시절 난 가슴 한구석에 늘 무거운 돌멩이 하나를 안고 살아갔어요. 학원에서도, 고시원에서도, 밥을 먹을 때도, 잠을 잘 때도 말이죠."

상면은 에스프레소 잔의 밑바닥을 스푼으로 저었다. 바닥에 깔린 설탕 알갱이 하나하나가 느껴졌다. 스푼의 움직임을 그녀의 푸른 시선이 따라갔다.

"날씨가 화창했던 토요일 오후였어요. 전화가 왔어요. 경찰은 다짜고짜 형의 이름과 생년월일을 물었어요. 그날도 작동 오류 신고를 받고 지하철 플랫폼으로 갔던 형은 스크린 도어 좁은 틈에서 센서를 교체하다가 시속 80㎞로 달려온 전동차와 부딪혔어요. 좁은 틈에 낀 채 수 미터를 끌려가다가 죽었어요. 시신은 형체를 알아볼 수 없을 정도로 짓이겨지고 찢어졌어요. 역에 있던 많은 사람이 형의 죽음을 목격했어요. 차량 맨 앞부터 맨 끝까지 붉은 피가 길게 이어졌고 형의 피부와 뼈와 근육과 지방과 내장과 뇌 조각이 서로 뒤엉킨 채 줄줄 바닥으로 흘러내렸죠. 시신 봉합을 하는 남자는 형 사진을 달라고 했습니다. 최대한 비슷하게 만들어 놓겠다고 하면서요. 살점을 주워 모아 꿰매고 사람 모습으로 만드는데 꼬박 이틀이 걸렸어요. 아버지와 난 다시 태어난 형을 보러 영안실로 갔어요. 하얀 시트가 걷히자 얼굴이 나타났어요. 꿰맨 자국이 선명한 울퉁불퉁한 피부. 화장품으로 두껍게 칠을 한 플라스틱 조각 같은 얼굴. 허여멀겋게 변한 형을 아버진 말없이 바라보았죠. 어떠한 슬픔도, 감정의 동요도 없이 그저 무표정하게. 장례를 치르고 며칠이 지났어요. 저녁을 먹다가 문득 이런 말씀을 하시더라고요. '걘 코가 그렇게 오뚝하지

않지. 어릴 적부터 들창코였거든.'

…회사 근로자 보험금, 지하철 공사 측의 위로금, 회사에서 걷어 준 자발적인 성금. 난 그 돈으로 학원에 다녔고 책을 샀고 밥을 사 먹고 고시원 월세를 냈어요. 아버지 약값으로도 쓰고요. 조만간 중고차도 한 대 살 생각이에요. 병원에 모시고 가야 하니 이젠 자주 필요하겠죠. 아버지는 재작년 치매 초기 판정을 받았어요. 의사 말론 최근 기억부터 점점 지워진대요. 하지만 슬픔이나 기쁨 같은 감정은 죽을 때까지 남는다고 하더군요. 왜 슬픈지, 왜 기쁜지 그 이유도 모른 채로 계속이요. 아버진 지금도 형이 살아 있다고 믿어요. 가끔 정신이 맑을 때면 가족 앨범을 꺼내 보는 것이 유일한 낙이에요. 난 그게 보기 싫어 형 사진을 모조리 버렸어요. 아까 언제까지 함께 살 거냐고 물으셨죠? 아버진 하루가 다르게 상태가 나빠지고 있어요. 조만간 제가 도저히 모실 수 없는 순간이 올 겁니다. 그땐 요양원으로 보내드릴 생각이에요. 대단하다, 보기 드문 효자다, 사람들은 그렇게 말들을 해요. 하지만 아버지를 보살피는 것은 내가 하는 것이 아닙니다. 형이 하는 거죠. 늘 그랬던 것처럼요."

여자의 얼굴이 형의 마지막 모습처럼 하얗게 질려 있었다.

"…더 궁금하신 것이 있습니까?"

여자는 화장실 좀 다녀오겠다면 자리에서 일어났다. 급히 나가느라 휴대폰도 떨어트렸고 하마터면 테이블 위의 컵도 쓰러트릴 뻔했다. 여자는 화장실을 향해 걷다가 출구 쪽으로 몸을 돌렸다. 카페 문을 열고 나갔다. 뒤도 안 돌아본 채 종종걸음을 쳤다. 모습은 주말 오후의 인파 속으로 사라졌다. 시선은 그녀의 소실된 궤적을 따라갔다. 온기가 식어가는 빈자리와 마주 앉은 채 상면의 남은 에스프레소를 천천히 마셨다.

　　　　　　＊　　＊　　＊

"여기가 네팔이냐?"

"네."

"네팔에도 바다가 있니?"

"그럼요."

"저기 있는 사람은 왜 반쪽만 있냐?"

상면은 아버지가 가리키는 곳을 보았다. 예전엔 없던 예술 조각상이 있었다. 수 미터가 훌쩍 넘는 사람 형상의 그것은 다대포 바다를 바라보고 있었다. 우리가 바라보는 방향에선 반 토막 난 몸뚱이만 보였다.

다대포 해수욕장을 덮은 안개는 짙었다. 근처 해변공원의 표지판도 잘 보이지 않았다. 멀리 떨어진 아파트들은 안개 위에 떠 있는 신기루처럼 보였다. 지평선에 걸린 뿌연 배들은 미지의 바다로 떠날 채비를 차리는 듯했다. 연무를 뚫고 솟아오르는 일출을 렌즈에 담으려는 사진 동호회 사람들이 드문드문 보였다. 둘은 백사장 벤치에 앉아 안개 낀 새벽 해변을 오랜 시간 바라봤다. 상면은 담요를 펼쳐 고사목처럼 앙상해진 아버지의 등과 어깨를 덮어 주었다. 안개에서 비릿한 냄새가 났다. 해초 조각, 깨진 조개껍질, 배를 뒤집은 채 해변에 밀려온 물고기, 해변을 들락거리는 잔물결에 따라 춤추는 해파리의 죽은 몸뚱이는 투명한 사멸의 흔적을 밤새 풍겼을 것이다. 짙은 안개에 놀란 동네 개가 허공을 향해 짖었다. 대기 중에 응결된 작은 물방울이 만들어 낸 백색 벽 너머에서 파도 소리가 들렸다. 멀지 않은 곳에 백사장에 닿기 위해 부단히 넘실대는 바다가 있음을 상면은 새삼 깨달았다.

어젯밤 머물렀던 모텔 린포체 쪽을 바라보았다. 안개와 다른 건물들에 가려 잘 보이지 않았다. 유령 닮은 그림자 하나가 자동차 유리창에 부딪히는 빗방울처럼 어룽더룽 시야에 들어왔다. 누군가 이쪽으로 털레털레 걸어 나왔다. 김복만이었다. 누렇게 변색한 윗도리 가슴팍에는 모텔 린포체 상호가 그려져 있었다. 조악하게 붙인 글자는 군데군데 떨어져 늙은 사자의 빠진 치아처럼 보였다. 처음 만난 그날처럼 손에는 거북이 로봇이 들려 있었다.

김복만은 아버지 옆에 앉았다. 한참을 말없이 그렇게 있었지만, 아버지는 고향 친구 김복만을 알아보지 못했다. 그는 거북이 머리통을 아버지 눈앞에 불쑥 들이밀고는 이렇게 말했다.

"형씨. 얼릉 이놈 코 좀 보소."

거북이의 맑고 검은 구체안에 아버지가 비쳤다. 삑 하는 전자음과 함께 불이 들어왔다. 빛은 거북이 코에 꽃 모양을 그리기 시작했다. 피어난 꽃을 중심으로 파란색과 노란색 원이 번갈아 동심원을 그렸다. 김복만은 로봇을 바닥에 내려놓았다. 녀석은 잠시 가만히 있더니 곧 꾸물거리기 시작했다. 엉덩이 뒤로 모래 가루가 날렸다. 앞으로 가다가 왼쪽으로 회전했다. 이어 오른쪽으로 방향을 틀며 기어갔다. 모랫바닥에는 일정한 깊이의 직선과 곡선이 만들어졌다. 로봇의 움직임을 빤히 바라보던 아버지가 물었다.

"저놈, 뭐라는 동물이요?"

김복만은 목소리를 낮추고 답했다.

"거북이요. 내가 키우는. 근데 쟈는 부끄럼이 많아 지 얘기를 하면 디게 싫어하지요. 게다가 귀까지 밝아 이리 쪼깐허게 말을 해야만 합죠."

"허어, 거참 요망한 놈이구먼."

"그러게요. 그래도 재주 하난 기가 막혀요. 저래 모래밭에 내려놓으면 슬슬 기어 다니며 그림을 그립니다."

"무슨 그림을 그린단 말이오?"

"그거야 거북 맘이지, 사람인 내가 알 턱이 없지요. 하지만 혹시 누가 알겠소? 저놈 궁데이를 졸졸 쫓아가다 보믄 얄쌍스런 그림 하나 그려 줄지도. 그래, 형씬 뭐 보고 싶은 거라도 있소?"

아버지는 한참 동안 눈만 끔뻑였다. 무언가 기억해 내려 애를 쓰는 것 같았다. 바닥을 내려 보다 긴 한숨만 흘렸다.

"그냥 …다 보고 싶소."

김복만은 고개를 끄덕였다.

거북이는 부산스러운 모터 소리를 내면서 모래를 파헤쳤다. 짭짤한 습기를 움켜쥐고 있는 단단한 모래밭에 두 줄 바퀴 자국이 그어졌다. 그 사이로 갈퀴가 만들어 낸 좁은 고랑이 생겼다. 등 쪽 램프가 푸른빛을 내며 깜빡였다. 안개가 푸르렀다가 하얘졌다가, 다시 뜸지근하게 색을 갈아입었다. 거북이는 윙윙거리며 느럭느럭 기어갔다. 가다가 멈추고 멈추다 다시 움직였다. 상면은 뒤를 따랐다. 발이 닿는 자리마다 모래가 파였다. 그 아래 하얀 속살이 드러났다. 안에서 바닷물이 조금 배어났다. 바람은 비렸고 파도 소리는 가까웠다.

거북이는 사람 모습의 조각상 주위를 맴돌았다. 거북이를 따라 돌며 조각상을 찬찬히 살폈다. 바라보는 방향에 따라 홀로 선 한 명의 사람이 되기도 하고, 반 토막 난 몸뚱이로 변하기도 하고, 마주보고 있거나, 서로 부둥켜안고 울고 있는 모습처럼 바뀌었다. 작품명을 보았다. 그림자의 그림자였다. 안내 표지판에 적힌 작품 해설을 읽었다.

"…4면이 모두가 정면인 … 늘 바라보는 면이 정면인 … 뒷면이 없는…."

뒤를 돌아봤다. 무수한 선과 발자국이 모래밭에 어지러움을 더했다. 아직은 무엇인지 알 수 없었다. 둘러싼 짙은 안개가 모두 걷히면 그땐 거북이가 그린 온전한 그림을 볼 수 있을 것이다. 벤치에 앉아 있는 두 노인의 모습이 자우룩했다. 한 명이 이쪽을 향해 손을 들고 흔들었다. 하얀 실루엣 하나, 들꽃처럼 한들거렸다.

땅에 박힌
나뭇가지 하나

늦은 시간임에도 호텔 카페는 붐볐다. 송이는 설탕 두 봉지를 잔에 모두 부었다. 라테 거품이 부푸러기처럼 일어날 때까지 계속 저었다. 창수는 30분 넘게 자기 이야기만 했다. 이번에 직접 기획한 공모전의 경쟁률이 어마어마했다는 자랑을 시작할 때쯤 송이는 창수의 말을 잘라 버렸다.

"내 것은 읽어 봤어?"

아, 그렇지. 그제야 창수는 오늘 만남의 이유를 생각해 냈다. 가방에서 원고를 꺼내 송이에게 건넸다. 송이는 한 귀퉁이를 잡고 설렁설렁 넘겼다. 빨간 밑줄과 엑스 표, 돼지 꼬리가 잔뜩 그려져 있었다.

"어땠어?"

"솔직하게 말해 줄까?"

"원하던 바야."

"책 내지 마."

송이의 표정이 굳었다.

"밀도 높은 문장, 정교한 메타포, 참신한 묘사, 탄탄한 스토리, 그런 걸 아마추어인 네게 기대하는 건 아니야. 하지만 네 소설은 얼개 자체가 너무 올드해. 신파조 순애보? 요즘 그런 건 먹히지 않지."

"그래서 봐 달라고 한 거잖아."

"문창과 출신에 신춘문예 등단자라고 돌멩이를 황금으로 바꾸진 못해."

"내 전공은 문학이 아니야. 법학이지."

"그런 걸 변명거리라고 해? 정말 간절하면 최소한의 노력은 했어야지. 시중에 소설 작법 책은 수두룩해. 문화 센터 창작 수업도 흔하고. 글은 모름지기 진실하게 쓰는 거야."

"우리 이야기가 거짓이란 말이야?"

창수는 고개를 저었다.

"내가 말한 진실이란 팩트 기반의 트루를 말하는 게 아니야. 읽는 이가 문장에 매몰돼 헉헉대게 하는 것, 그런 핍진성이 곧 진실이라고. … 이런 말 하긴 뭐하지만, 사별한 남편을 글로 환생시키기에 지금 타이밍이 좋지 않아. 네 안에 추억이 너무 많거든. 그건 독이야. 감정이 문장에 지나치게 녹아들 테니까. 활자는 그 뜨거움이 식을 때까지 툭 던져 놓고 기다리는 시간이 필요해."

창수는 턱 밑 수염 몇 가닥을 만지작거렸다.

"우리나라에서 한 주에 얼마나 많은 책이 출판되는지 알면 놀라 자빠질걸. 적어도 누군가에 손에 들려 몇 장이라도 읽게 하려면 그럴 만한 이유가 있어야 해. 이런 식으로 쓰면 며칠 매대에 깔렸다가 바로 재고 처리될 뿐이야."

"…."

"송이 씨, 전에 말한 건 생각해 봤어?"

"대필 작가 쓰자는 것?"

"그래. 그게 나쁜 게 아니야. 콘텐츠는 좋은데 시간 없고 글재주 부족할 때 많이들 그렇게 해. 네 이야기를 아름답게 다듬어 줄 작가는 널렸어."

송이는 딱 잘라 말했다.

"그렇게 하고 싶진 않아."

"왜?"

"이건 우리 둘, 남편과 나만의 이야기야. 거기에 누구도 들이고 싶지 않아. 게다가 팔리지도 않는 책을 집구석에 쌓아 놓을 생각도 없고."

"왜 이렇게 파는 것에 집착해? 책 팔아 돈 벌려고? 송이 씨처럼 잘나가는 변호사가 웬 돈 타령이냐. 그럼 어쩌게?"

"내가 바라는 것은 하나뿐이야. 많은 사람이 내 책을 통해 죽은 남편을 기억해 주는 것. 그게 전부야."

창수는 더는 대꾸하지 않았다. 송이는 말하는 내내 왼쪽 새끼손가락의 반지를 만지작거렸다. 송이는 웨이터를 불러 계산서를 달라 했다. 카드를 꺼내려고 지갑을 열었다. 지갑 속 투명 비닐 케이스 안에 종이가 끼워져 있었다. 라틴어 비슷한 글자와 오컬트 풍의 그림이 그려진 부적이었다. 그걸 보자마자 창수는 인상을 구겼다.

"거기 아직도 다녀?"

"어디?"

"무당집."

"무당 아니야. 영매지."

미라처럼 변해 가는 송이를 창수는 걱정스럽게 바라봤다.

* * * *

문을 열고 안으로 들어갔다. 제일 먼저 송이를 맞은 것은 정면의 넓은 창문을 통해 쏟아져 들어오는 햇빛 덩어리였다. 눈이 부셔 앞을 똑바로 보지 못했다. 손그늘을 만들어 빛을 가렸다. 실내를 둘러봤다. 사면의 불균형에 현기증이 느껴졌다. 왼쪽 벽에는 트로피, 상장, 상패, 각종 위임장이 걸려 있었다. 오른쪽 낡은 유리장에는 수상쩍은 전자 장비들이 놓였다. 출입구가 있는 뒤쪽 벽의 6단 붙박이장에는 책들이 빼곡히 채워져 있었다. 고전 문학, 처세술, 현대 심리학, 마술, 종교, 의학, 예술, 심지어 공업 수학과 물리 화학까지. 사무실은 부조리 그 자체였다.

앉아 있던 남자가 송이를 보고 벌떡 일어났다. 의자가 끼익하며 비명을 질렀다. 역광 때문에 그의 얼굴이 잘 보이지 않았다. 남자는 빛 가운데서 걸어 나왔다.

"처음 뵙겠습니다. 로이라고 합니다."

그는 명함을 건넸다. (주)인터내셔널 사이킥 애널리시스 대표 로이권. 그 아래 사무실 전화번호와 이메일이 적혀 있었다. 뒷면을 보았다. 초자연 현상, 초능력, 영매, ESP 관련 수사 및 진단. 명함 내용에 비해 외모는 평범했다. 둥근 얼굴에 뭉툭한 코, 정리되지 않은 턱수염, 조금 처진 눈 때문에 매번 거스름돈을 잘못 주는 머리 나쁜 동네 목욕탕집 주인아저씨처럼 보였다. 송이는 미간을 찌그러뜨리며 말했다.

"죄송합니다만, 커튼 좀 쳐 주시면 안 될까요?"

노란 스탠드를 켰다. 두꺼운 블라인드가 처진 어두운 실내는 부드러운 색으로 채워졌다. 둥근 테이블을 가운데 두고 마주 앉았다. 로이는 커피 머신에서 내린 라테와 에스프레소를 가지고 왔다. 로이는 에스프레소에 각설탕 세 개를 넣고 저은 후 마셨다. 남자가 들고 있는 작은 잔이 소꿉 장난감처럼 보였다. 그가 웃으며 말했다.

"표정을 보니 여기 오신 것이 여전히 탐탁지 않으신 것 같군요."

"창수 씨 부탁이 아니었으면 올 일도 없었으니까요."

"창수는 잘 지내요? 지난 동창회에서 보고 한 번도 못 봤네요."

송이는 대답하지 않았다.

"참 잘 어울리네요."

"네?"

로이는 송이의 왼손 약지를 가리켰다.

"그 반지요."

송이는 오른손으로 왼손을 가리며 테이블 아래로 내렸다. 로이는 자신에 관해 소개했다. 그가 거쳐 온 직업은 다양했다.

"…하지만 지금은 사이킥(Psychic) 현상 조사를 합니다. 심령술이나 초자연적인 일에 대한 과학적 수사라 할 수 있지요. 더 간단히 말하자면 그런 거로 사기 치는 놈들 잡아내는 일입니다."

송이는 정색했다.

"그분은 진짜예요."

로이는 뒷머리를 긁적였다.

"송이 씨처럼 많이 배우신 분이 강령술을 믿는다는 게 선뜻 받아들이기 어렵군요."

"직접 눈으로 보셨다면 제 말을 이해하실 거예요."

"무슨 근거로 그렇게 확신하죠?"

"남편에 관해 나만큼 알고 있어요."

"예를 들면?"

"우리 둘만 아는 비밀까지요."

로이는 고개를 끄덕였다.

"그렇군요."

"⋯."

"창수한테서 대충 이야기는 들었습니다. 불귀의 객이 되신 남편과 영적 접촉을 해 준다는 무당을 자주 만난다는 것과 거기에 큰돈을 쓰신다는 것도."

"무당이 아니라 영매예요. 남편 영혼과 소통하는 진짜 영매."

송이의 언성이 높아졌다. 로이는 무미건조하게 바로 대꾸했다.

"세상에 그런 건 없습니다. 멘탈 약한 바보들 등쳐먹는 사기꾼만 있을 뿐이죠."

"들은 대로 직설적이시네요. 난 멘탈이 약하지도 바보도 아니에요. 나는⋯."

로이는 말끝을 가로챘다.

"제가 라스베이거스에서 오리엔탈 미디움 쇼 마술사로 꽤 잘나갔던 시절이 있었어요. 사람의 생각을 맞추고, 죽은 영혼을 불러오고, 오컬트 페노미나를 보여 주고. 절 진짜 영매로 여기는 사람까지 있을 정도였으니까요. 2년간 일하면서 돈도 제법 벌었죠. 그 시절 나는 내 재능으로 사람들을 행복하게 할 수 있다는 것에 큰 자부심을 느꼈어요.

어느 날 관객 한 명이 대기실로 찾아왔어요. 공연이 끝난 직후였죠. 등이 굽고 늙은 흑인 할머니였는데 암에 걸려 살날이 얼마 남지 않았다고 했어요. 그분은 마지막 소원이라며 20대로 단 하루만 돌아가게 해 달라고 했어요. 어이가 없었지요. 마술이란 정교한 눈속임이다, 보이는 모든 것은 한낱 판타지일 뿐이다, 난 그렇게 말했어요. 그러자 그녀는 힘없이 웃으며 대답했어요. 당신은 늘 불가능한 일을 하잖아요. 할머니는 세상을 떠날 때까지 그 믿음을 버리지 못했어요."

"⋯."

"그 후 난 직업을 바꿨습니다. 바로 지금의 일로."

송이 얼굴에는 아무런 표정도 나타나지 않았다. 로이의 명함을 가방에 넣었다.

"아무래도 잘못 찾아온 것 같군요."

일어서려 했다. 로이는 송이를 붙잡았다.

"잠시만요."

"…."

"보여 드릴 것이 있어요."

그는 손바닥이 보이게 두 손을 앞으로 뻗었다. 테이블 위를 향해 손가락을 펼쳤다. 잠시 그대로 있다가 담담한 목소리로 말했다.

"이곳에 당신이 함께 있음을 우리에게 보여 주십시오."

어둑한 사무실 안에 침묵이 흘렀다. 하지만 아무 일도 일어나지 않았다. 송이는 냉소를 흘렸다. 일어나 나가려는 순간, 잔 받침대 위에 얹어 놓은 스푼이 달그락 소리를 냈다. 천천히 반시계 방향으로 돌아가기 시작했다. 느리지만 분명한 움직임이었다. 그 끝이 송이의 왼손 반지를 가리켰다. 찻숟가락이 요동쳤다. 송이의 안색이 변했다. 오른손으로 반지를 감싸 쥐었다. 스푼은 이내 멈춰 섰다. 송이는 비명도 내지 못하고 그대로 주저앉았다.

로이가 자리에서 일어났다. 뚜벅뚜벅 뒤쪽으로 걸어가 커튼을 젖혔다. 빛이 쏟아져 들어왔다. 창문을 등지고 선 채 말했다.

"방금 보여 드린 건 아주 간단한 마술입니다. 숟가락은 자석으로 조종되고요. 난 무릎을 조금씩 움직여 탁자 아래 설치된 자석을 옮겼을 뿐이에요. …아, 오해는 마십시오. 놀라게 하려는 건 아니었어요. 페이크 텔레키네시스를 한 이유는 송이 씨를 관찰하기 위해서였어요. 무방비 상태의 행동은 믿을 만한 데이터니까요. 송이 씨는 사무실에 처음 들어올 때부터 발걸음이 몹시 조심스러웠습니다. 최대한 바닥의 선을 밟지 않으려고 했죠. 그리고 사무실 제일 구석 자리에 앉아 커튼을 쳐 달라고 하셨고요. 전형적인 방어 기제죠. 하지만 제가 만들어 낸 작은 트릭으로 그 단단한 껍질은 부서졌습니다. 마법의 스푼이 반지를 가리키자 송이 씨는 반지를 손으로 감쌌어요. 위험한 순간 본능적으로 아이를 품 안으로 끌어당기는 엄마처럼. 제 추측으로는 그 반지는 남편과의 매개체고 거기엔 조심해야 할 터부가 있을 것 같군요. 물론 그런 것을 알려 준 사람은 영매일 테고. 그렇지 않나요?"

송이의 표정은 어느새 차분하게 바뀌어 있었다.

"재미있군요. 관찰력도 좋으시고. 사실 좀 놀랐습니다."

"이제 절 믿으시겠어요?"

송이는 침묵했다. 로이는 바로 이어 말했다.

"그럼 동행을 허락하신 것으로 알겠습니다. 틀림없이 제가 도움이 될 겁니다."

송이는 긴 한숨을 쉬었다.

"이번 한 번뿐입니다."

"알겠습니다. 저도 준비를 단단히 해야겠군요. 한 번만으로 모든 속임수를 간파하는 것은 사실 어려운 일이거든요."

"부디 성공하시길 바랍니다. 만일 사기라는 증거를 못 찾으면 팀장님도 제 말을 믿게 될 테니까요."

로이는 씩 웃었다.

"그건 산 자와 죽은 자 모두에게 좋지 않은 일이 될 것 같군요."

영매의 집은 외벽이 다소 밝다는 점을 빼곤 주변 주택들과 다를 것이 없었다. 모든 창문에는 커튼이 쳐졌고 현관문에는 파란색 포치가 붙어 있었다. 잔디가 깔린 앞마당과 나지막한 나무 울타리가 편안함을 주었다. 문 앞까지 이어진 구불구불한 자갈길은 바라보기만 해도 사각거리는 소리가 날 것 같았다.

송이는 바로 들어가려 했지만 로이는 잠시 돌아보자고 했다. 둘은 집 울타리를 따라 걸었다. 로이의 시선은 흙바닥과 주변 나무와 외벽과 지붕 위를 느릿느릿 옮겨 다녔다. 정원의 파라솔과 잉어 몇 마리가 헤엄치는 작은 연못도 신중하게 살폈다.

한 바퀴 돌고 다시 정문 앞에 도착할 때쯤 문득 걸음을 멈췄다. 울타리 아래쪽을 빤히 바라봤다. 거기에는 Y자 형태의 작은 나뭇가지가 있었다. 땅바닥에 박힌 채였다. 벌어진 양 끝은 반듯하게 잘려 나갔고 이파리는 없었다. 마치 줄 끊어진 새총처럼 생긴 그것은 하나가 아니었다. 울타리를 따라 줄줄이 꽂혀 있었다. 모양은 비슷했지만 길이, 벌어진 각도, 방향, 높이가 조금씩 달랐다. 로이는 혼잣말처럼 중얼거렸다.

"파테란이네."

"파테란?"

"가지나 돌멩이 등으로 만든 신호, 자연물을 이용한 일종의 표기법이죠. 집시들이 나뭇가지를 꺾어 표의 문자를 만드는 방법에서 유래한 건데 주로 어떤 메시지를 전할 때 사용해요. 볼 수 있는 눈을 가진 자에게만 보이는 경고라고나 할까."

쪼그리고 앉아 울타리 아래 가지들을 한동안 뚫어지게 바라보았다.

로이는 피식, 웃었다.

　안으로 들어갔다. 곱게 한복을 입고 있는 늙은 여자가 나와 맞았다.

　"선생님께서 앞서 오신 손님과 상담 중이셔서요. 좀 기다려 주시겠어요?"

　늙은 여자는 작은 방으로 데리고 갔다. 방문에는 '순례자 쉼터'라고 쓰인 문패가 붙었다. 실내는 작은 카페처럼 꾸며져 있었다. 벽에는 바닷가 풍경, 깊은 숲속 오솔길, 누군가의 초상화가 그려진 유화가 걸려 있었다. 늙은 여자가 다과를 내왔다. 송이는 소파에 앉았다. 익숙한 듯 국화차를 따라 마셨다. 방을 둘러보던 로이가 문득 물었다.

　"혹시 아이는 있나요?"

　"없습니다."

　"그렇군요. 창수 말로는 두 분 금술이 워낙 좋았다고 해서."

　"…."

　"이런, 쓸데없는 말을 꺼냈군요. 죄송합니다."

　"괜찮아요."

　"제겐 애가 한 명 있었어요. …딸 아이였죠. 3년 전에 교통사고로 죽었지요. 학원에서 돌아오던 길이었는데 음주 운전자에게 치였어요. 이혼 전까지만 해도 와이프가 직접 데려왔었는데. …하필 그날 학원 버스가 운행을 못 하게 돼서 혼자 오다가 그만…."

　로이의 표정은 말하는 내내 어두웠다. 송이는 그에게서 어쩔 수 없이 세상에 남겨진 자만이 알 수 있는 감정을 고스란히 느꼈다. 노크 소리가 들렸다. 이제 들어가세요. 늙은 여자가 방문을 조금 열고 말했다.

영매의 방은 생각보다 평범했다. 주술, 신기, 귀신, 초자연 현상을 연상시킬 만한 물건은 거의 없었다. 등받이가 있는 의자 3개와 나무로 만든 오래된 마호가니 탁자. 그 위에 장식용 꽃다발이 있었다. 푸른색과 보라색 수국, 하얀 안개꽃으로 만든 것이다. 꽃은 생화보다 더 생화 같아 프리저브드 플라워라 해도 믿을 정도였다. 탁자 맞은편의 커다랗고 둥근 거울의 표면은 호수처럼 맑았지만, 어쩐지 세워진 자세가 위태로워 보였다. 창문가에는 빈티지 무드 등이 있었다.

영매의 나이는 40대 후반, 많아야 50대 중반으로 보였다. 송이와 비슷한 헤어스타일에 비슷한 옷을 입고 있었다. 화장도 송이처럼 거의 하지 않았다. 그녀는 꽃에 물을 주고 있었다. 손님을 보자 물뿌리개를 바닥에 내려놓았다. 영매는 로이에게 가볍게 인사를 했다. 외모만큼이나 목소리도 매력적이었다. 자리를 권했다. 커다랗고 푹신하고 쿠션 때문에 몸이 의자 속으로 빨려 들어가는 것 같았다. 그녀가 물었다.

"송이 씨 남편분을 잘 아신다고 들었는데, 어떤 관계신지요?"

로이는 준비했던 대로 답했다.

"어릴 적부터 알던 사이입니다."

"여기까지 오신 걸 봐선 친한 친구였나 봅니다."

"죽고 못 사는 사이였죠."

영매는 잠시 로이를 빤히 바라봤다. 눈빛이 뇌 속을 파헤치는 것만 같았다. 송이의 눈동자가 불안하게 흔들렸다.

"전에 어디서 뵌 것 같은데…. 아닌가요?"

"제가 좀 흔한 얼굴이라서요."

로이는 이빨을 드러내며 씩 웃었다.

붉은 액체가 담긴 투명 구슬, 물이 담긴 접시, 복고풍의 회중시계, 다섯 개의 양초가 꼽힌 촛대가 탁자 위에 준비됐다. 창문은 두꺼운 이중 커튼으로 막았다. 실내는 어둠으로 채워졌다. 촛불에 불을 붙였다. 송이는 남편이 즐겨 매던 넥타이를 꺼내 가운데 올려놨다. 준비는 다 끝났다. 맞은편의 커다란 거울 때문에 마치 여섯이 모여 앉아 있는 것만 같았다. 영매는 라틴어 비슷한 말을 읊조리며 접시 물에 가루를 뿌렸다. 가루가 흔들릴 때마다 반짝거렸다. 그녀가 말했다.

"당신의 아내가 왔습니다. 이제 당신의 존재를 보여 주세요."

어조는 차고 단단했다. 한참 동안 아무 일도 일어나지 않았다. 집중력이 흐트러질 때쯤, 수국 잎이 파르르 떨렸다. 꽃잎에 맺혀 있던 물방울들이 톡톡 탁자 위로 떨어졌다. 헉. 송이는 숨을 들이켰다. 탁자 위에 흩뿌려진 물방울 중 하나가 천천히 허공에 떠올랐다. 10여 센티미터 높이에서 멈춰 섰다. 부르르 제 몸을 떨었다. 빛에 반사된 그것은 보석처럼 반짝거렸다. 나머지 방울들도 하나둘, 살아 숨 쉬는 생명체처럼 떠올랐다. 송이는 숨소리도 내지 못하고 그 기적을 바라볼 뿐이었다. 영매가 낮은 탄식을 뱉었다.

"지금, 남편께서 옆에 계세요."

송이의 눈가에 눈물이 고였다.

"뺨에 손을 대고 당신의 온기를 느끼고 계십니다."

송이는 흐느꼈다. 로이는 미동도 하지 않고 모든 것을 바라보고 있었다. 눈은 카메라처럼, 귀는 녹음기처럼, 한 장면도 놓치지 않았다.

빙의는 순식간이었다. 자신의 몸에 남편의 영혼이 들어간 후 영매의 말투와 행동은 바뀌었다. 그녀의 표정은 불안하면서도 편안했고 행복해 보이면서도 슬퍼 보였다. 송이는 작년 오늘을 기억하냐고 물었다. 영매는 생생히 기억한다고 했다. 송이는 둘의 마지막 결혼기념일에 대해 말했다. 그때 건네준 목걸이는 아직도 잘 간직하고 있다고 했다. 영매는 지금 손에 끼고 있는 반지와 잘 어울린다고 했다. 송이는 함께 갔던 장소에 관해 말했다. 영매는 당신이 여기 있어 행복하다고 말했다. 대화는 몇 분간 더 지속했다. 송이는 흐르는 눈물을 멈추지 못했다.

갑자기 영매가 비명을 질렀다. 가슴을 쥐어짜며 괴로워하기 시작했다. 물방울들이 후드득 바닥으로 떨어졌다. 동시에 촛불 4개가 꺼졌다. 살아남은 촛불 하나만이 간신히 어둠을 밀어내고 있었다. 영매의 검은 눈동자는 거의 사라지고 흰자위만 남았다. 어둠을 향해 손을 휘저었다. 알아들을 수 없는 말을 했다. 금세 뒤로 넘어질 듯 위태로워 보였다. 송이는 영매를 붙잡으려 했다. 로이는 송이의 손을 잡아끌었다. 눈짓으로 가만있으라고 했다. 영매는 몇 번 휘청거리다가 고개를 아래로 떨구었다. 마치 죽은 듯이 작은 움직임조차 없었다. 그 시간은 느리게 흘러갔다. 어둠 속에서 홀로 남은 양초가 제 살을 태우는 소리만 들렸다.

영매는 고개를 번쩍 들었다. 콧물과 침이 입가에 흥건했다. 로이를 쏘아 보았다. 눈빛에 광기가 흘렀다. 그녀가 소리쳤다.

"너, 누구야!"

"…"

"누군데 송이 곁에 있는 거야!"

"…"

"웬 참견이야! 네 딸년에게나 잘했어야지!"

로이의 미간에 깊은 주름이 잡혔다. 목울대를 따라 튀어나온 그의 목 젖이 위아래로 출렁였다. 입술이, 뺨이, 턱살이, 바들바들 떨렸다. 영매가 다시 크게 소리쳤다.

"비명횡사한 딸년이 널 저주하고 있어!"

* * * *

집을 나온 후 둘은 아무 말도 하지 않았다. 로이는 구름 낀 하늘을 한참 동안 바라보았다. 주말까지 보고서를 만들어 전해 주겠다는 말만 하고 떠났다. 그의 목소리에서 자신감은 사라졌다. 두려웠구나. 내가 그랬듯이. 전문가인 척, 이성적인 척해도, 그도 한낱 나약한 인간이었다. 송이는 기쁘지 않았다. 승리자의 쾌감보다 슬픔이 더 컸다. 왜일까 생각했다. 이유를 알 것 같지만 받아들이고 싶진 않았다. 한기가 느껴졌다. 먹구름이 짙어졌다. 아무래도 밤에 큰비가 올 것 같다.

사무실을 다시 찾은 것은 토요일 저녁이었다. 로이는 처음 만났을 때처럼 갓 내린 커피 두 잔을 가져와 테이블에 내려놓고 앉았다. 수염이 더 지저분해졌다는 것 외에 달라진 점은 없었다. 바인딩한 A4 묶음을 내밀었다. 표지에 '부유하는 반물질에 관한 초자연 현상 분석 보고서'라고 쓰여 있었다. 하단 박스에는 '보안상 의뢰자 이름은 이니셜 처리하였습니다'라고 적혀 있었다. 로이가 입을 열었다.

"정리하는 데 생각보다 오래 걸렸습니다. 몇 가지 더 확인할 것이 있어서요."

"함께 본 것들에 관해 무슨 조사가 더 필요하다는 거죠?"

그는 씩 웃었다. 누런 앞니가 살짝 보였다.

"결론부터 말씀드리죠. 그 영매, 사기꾼입니다. 강령술도 다 트릭이고요."

"…."

"테이블 앞 대형 거울, 촛불, 꽃장식, 클래식한 시계, 투명 구슬, 물이 담긴 접시. 이런 종류의 매개들은 블러드 메리 같은 유럽식 오컬트 의식과 클럭 앤 캔들이라는 남아메리카의 네크로맨시 영매술을 적당히 섞은 겁니다. 거기에 위저 보드 비슷한 것을 더했죠. 뭔가 신비로운 분위기를 자아내기 위해서."

송이는 어이가 없었다. 그의 머리가 어떻게 된 것은 아닐까.

"그러면 물방울이 허공에서 날아다니던 것은 어떻게 설명하실 건가요?"

"우리가 둘러앉은 테이블은 특수하게 제작된 겁니다. 나무판 아래는 작은 스피커들이 촘촘히 배열되어 있었어요. 거기서 나오는 서로 다른 파장의 초음파가 충돌하면서 만들어진 증폭된 힘으로 가벼운 물체를 공중에 띄우게 되는 거지요. 스피커에 연결된 장치로 초음파의 세기, 방향 등을 조정해 부유물을 상하좌우로 움직이게 만드는 원리입니다. 일명 '트랙터 빔'이라고 하는 건데 주로 첨단 의료 기기에 사용돼요. 음파로 사람 몸 안에 이식된 정밀 전자 장치를 조작하거나 신장 결석이나 혈변 등을 제거하는 데 쓰지요."

"어떻게 증명할 수 있죠?"

"휴대용 음파 계측 장치를 숨겨 방에 들어갔었습니다. 원하시면 측정된 데이터도 보여 드리죠. 그리고 떠다니던 물방울, 그러니까 수국에 뿌려져 있던 액체는 사실 물이 아니었어요. 비중이 작고 응집력이 강한 특수 액체였죠. 시료 병에 샘플을 몰래 담아 오는 정도는 전직 마술사에게는 일도 아닙니다."

"…촛불이 꺼진 것은요?"

"그 정도는 아마추어도 합니다. 바람 발사 장치가 있는 촛대를 쓰거나 시선을 분산시키면서 재빨리 입바람, 손바람으로 끌 수도 있죠. 타이머 장치가 달린 저절로 꺼지는 마술용 양초도 시중에서 쉽게 구할 수 있어요. 지금 말씀드린 것에 대한 검증 데이터와 설명은 이 보고서에 정리해 놓았습니다."

"좋아요. 다 가짜라고 쳐요. 하지만 그 밖의 다른 것들은 어떻게 설명하시겠어요? 그날이 결혼기념일이었다는 것, 목걸이 선물을 주었다는 것, 그리고 반지에 얽힌 추억을 영매가 어떻게 알 수 있겠어요? 그걸, 어떻게, 나와 남편만이 아는 추억을, 영매가 어떻게, 어떻게 다 알 수 있느냐고요!"

목소리가 커졌다. 송이는 반지를 보호하듯 오른손으로 감싸 쥐었다. 로이는 몸을 앞으로 숙여 송이 쪽으로 다가갔다. 송이는 반사적으로 물러나며 상체를 의자 등받이에 바짝 댔다. 로이는 단호한 어조로 말을 이어갔다.

"사람은 타인을 대인 지각과 심리 지각, 이 두 가지로 판단합니다. 성별, 나이, 외모, 차림새, 목소리 톤 등으로 사람을 판단하는 대인 지각은 세 살 어린아이도 쉽게 합니다. 반면에 심리 지각은 꽤 많은 훈련이 필요하지요. 영매는 좋게 말하면 심리 지각의 프로이고 나쁘게 말하면 사람의 두려움을 이용하는 사기꾼이에요. 저는 처음 만났을 때부터 강령술이 끝날 때까지 영매의 모든 말과 행동을 관찰했습니다. 영매는 송이 씨와 비슷한 머리 모양과 옷차림을 하고 있었어요. 그것은 무의식중에 송이 씨에게 어떤 동질감을 심어주기 위한 겁니다. 비슷한 외모는 비슷한 감정과 생각을 가질 것이라는 내면 심리를 이용한 것이지요. 제가 관찰한 영매는 콜드 리딩의 고수였어요. 대화 중 상대의 반응에 맞추어 교

묘하게 말을 걸면서 필요한 정보를 빼내는 기술을 콜드 리딩이라고 해요. 아주 세련된 대화 테크닉이죠. 현대 리딩 기법에서는 멘탈 매직 혹은 멘탈 해킹이라 불리기도 하고요.

영매에게 남편의 영혼이 빙의된 후, 송이 씨는 작년 오늘을 기억하냐고 물었어요. 그러자 영매는 아직도 그날을 생생히 기억한다고 두루뭉술하게 대답했어요. 송이 씨는 영매의 콜드 리딩에 취해 오늘이 우리 결혼기념일이라고 하면서 그때 받은 목걸이 선물에 관해 스스로 실토하고 말았죠. 영매는 반지와 잘 어울릴 것 같다는 말을 하며 송이 씨가 늘 왼손에 끼고 다니는 반지에 대해 슬쩍 언급했어요. 그동안 자주 만났고 많은 대화를 나눴으니 반지에 특별한 의미가 있다는 정도는 이미 간파하고 있었을 겁니다. 남편의 영혼과 함께 있다는 걸 믿어 의심치 않는 순간부터 영매는 철저하게 그쪽의 약점을 파고들었습니다. 넘겨짚고 짜깁기하고 매력적인 떡밥을 던지며 송이 씨의 대답 속에서 새로운 정보를 계속 모았습니다. 게다가 송이 씨처럼 대형 법률 회사의 잘나가는 변호사라면 정보는 더 쉽게 얻을 수 있었겠지요."

"…."

"영매는 페이싱, 리딩, 매칭과 레포, 백트래킹과 패턴 인터럽트를 통해 약해질 대로 약해진 송이 씨의 마음을 지배하고 앵커링 같은 테크닉을 이용해 마음을 조정했습니다. …송이 씨. 영매의 말은 늘 심금을 울렸죠? 언제나 위로가 되었지요? 모든 것을 알고 이해하면서 따뜻한 조언을 해 주었죠? 하지만 사기꾼들은 누구에게나 적용 가능한 보편적 수사법을 써요. 당신은 자기 일에 최선을 다하려는 자세로 산다, 가끔 이 길이 정말 내 길인가 고민을 하지만 나름 노력은 했다, 때때로 실패할까 봐 불안감에 휩싸인다, 등등. …명심하세요. 어떤 종류의 위로는 비난보다 더 잔인한 법입니다."

송이는 그 이야기만은 꺼내고 싶지 않았다. 하지만 로이의 무자비한 설명을 막기 위해서는 어쩔 수 없었다.

"…딸에 관한 것. 그건 뭐라고 설명하실 건가요. 그쪽의 죽은 딸을 영매가 어떻게 알 수 있죠?"

"…."

"혼령이 아니라면 오늘 처음 본 당신의 과거를 어떻게 맞출 수 있어요? 난 어떤 정보도 영매에게 알려 주지 않았는데."

로이는 갑자기 웃음보를 터트렸다. 한번 터진 폭소는 멈출 줄 몰랐다. 웃다가 사레에 들렸는지 기침까지 해 댔다. 그는 간신히 답했다.

"전 아이는커녕 결혼한 적도 없어요."

"네?"

"난 우리가 잠시 머물렀던 손님 대기실에서 몰래카메라와 녹취기를 발견했습니다. 워낙 잘 숨겨 놔서 저 같은 전문가도 찾는 데 애를 먹긴 했지만요. 그 앞에서 딸에 얽힌 슬픈 사연을 즉석에서 만들어 냈어요. 아니나 다를까 영매는 멋진 연기를 선보이며 죽은 내 딸아이에 관해 말하더군요. 사전에 대상의 정보를 몰래 수집하는 핫 리딩 기법을 역으로 이용한 셈이죠. 하하하."

송이는 아무 말도 하지 못했다. 일어나려 했지만, 다리에 힘이 풀려 다시 주저앉고 말았다. 눈물이 멈추지 않았다. 로이는 조용히 말했다.

"송이 씨. 세상에 유령은 없어요. 뭔가를 믿고 싶어 하는 살아 있는 이의 약한 마음만 있을 뿐이죠. 지독한 간절함에 빠지면 누구도 스스로 거기서 나오질 못해요. 그것이 잘못된 믿음이라면 더욱 그래요. 송이 씨뿐만 아니라 세상 누구라도 마찬가질 겁니다. 특히나 사랑하는 이를 잃은 사람들은요. 사람이 살지 못하는 곳에는 유령도 살지 못하는 법이에요. 창수는 송이 씨가 다시 예전의 똑똑하고 현명한 친구로 돌아오길 바라요. 부디 남편분을 놓아 주세요. 그러면 두 분 모두 지금보다 훨씬 행복해질 겁니다. 이제 뒤돌아보지 마세요. 과거의 자리에 모두 놓아두세요. 시간이 그것들을 모아 다 짊어지고 갈 테니까요."

송이는 고개를 푹 숙인 채 흐느꼈다.

"반지도 이제 빼세요. 고등학교 때 산 싸구려 반지일 뿐인데…. 그거 아무것도 아니잖아요. 고인께서도 그러시길 바랄 겁니다. 틀림없이요."

송이는 마스카라가 다 지워진 눈으로 로이를 쳐다봤다. 그는 빛이 쏟아져 들어오는 창가에 등을 기댄 채 바라보고 있었다.

＊　＊　＊　＊

창수는 새로 계약한 젊은 작가의 뒷말을 한참이나 쏟아 냈다. 입안이 말라 버렸는지 앞에 놓인 아이스커피를 단숨에 들이켰다. 송이는 머그잔을 두 손에 꼭 쥔 채 묵묵히 창수 이야기만 듣고 있었다.

"그 양반, 진짜 똥고집이더라. 자신의 작품은 최고다, 독자들이 보는 눈이 없다, 시대가 바뀌면 인정받을 것이다, 그런 말만 하더라고. 도통 생각을 바꾸려 하질 않아. 확증 편향, 잘못된 확신으로 똘똘 뭉친 젊은 꼰대야. 참 답답해. 너도 그 이야기 알지? 절대적인 믿음과 확신, 그런 건 문신이 아니라 그냥 옷이라는 말. 날씨에 따라, 장소에 따라, 분위기에 따라, 언제든 갈아입을 수 있는 외출복 같은 것."

창수는 한참 만에 본론으로 들어갔다.

"로이에게 이야긴 다 들었어. 이젠 거기 안 가지?"

송이는 고개를 끄덕였다.

"다행이다. 정말 잘했어. 그쪽에서 연락은 오지 않았어?"

"몇 번 전화는 왔어."

"그래서?"

"날 만나지 못해 남편의 영이 점점 약해진다 했어. 돈을 더 내면 필요한 부적을 하나 더 만들어 주겠다는 제안도 하고."

"그럴 줄 알았어. 얕은 개수작이지."

"…"

"송이 씨. 다시 옛날의 너로 돌아와 줘서 고마워. 하하하. 이거, 내가 로이에게 술 한잔 사야겠는걸."

송이는 희미하게 웃었다.

"학창 시절 로이 씨는 어떤 사람이었어?"

"특별히 눈에 띄거나 특출 난 친구는 아니었어. 들은 바로는 젊은 날 여러 나라를 돌아다니며 희한한 짓을 하고 다녔다던데. 히말라야에서 명상 수련도 했고 중국에선 어느 고승의 도제로 지내기도 했고. 미국에서 마술사 일도 했다지? 정확히는 잘 몰라. 하지만 요즘 꽤 바쁜 것 같더라고. 그런 고민으로 찾는 이들이 많은가 보네."

"…근데 좀 이상해."

"뭐가?"

"로이 씨는 내 반지에 대해 어떻게 알았을까?"

"어? 결혼반지 뺐구나."

창수는 그제야 그녀의 손가락에서 반지가 사라졌음을 알아챘다.

"결혼반지 아니야. 고등학교 때부터 끼고 다니던 싸구려 반지야."

"그래? 그걸 왜 여태 끼고 다닌 거야?"

"반지는 내겐 보호석 같은 거였어. 그래서 몸에 지니고 있지 않으면 불안하고 무엇에도 집중할 수도 없었어."

"으흠."

"하지만 그런 사실을 알고 있는 사람은 남편뿐이야. 차라리 결혼반지를 끼고 다니라고 했지만 난 말을 듣지 않았어."

그때 창수의 휴대 전화가 울렸다. 창수는 전화를 받으러 카페 밖으로 나갔다. 그사이 몇 명의 손님들이 들어오고 나갔다. 서빙을 보는 직원이 다가와, 잔 치워 드릴까요, 라고 송이에게 물었다.

송이는 버스정류장으로 가는 길을 따라 걸었다. 은행잎이 수북이 깔려 바닥이 잘 보이지 않았다. 노란색 보도블록과 누렇게 변색한 이파리들이 서로 엉겨 붙어 둘의 경계가 흐릿했다. 갓길에 낮은 언덕처럼 쌓아 놓은 낙엽 더미로 눈이 갔다. 무언가 위에 꽂혀 있었다. Y자 모양의 나뭇가지였다. 미화원의 빗질로 쓸려 우연히 올라간 것인지, 누군가 일부러 박아 놓은 것인지는 알 수 없었다. 송이는 가지를 한참 바라봤다. 핸드백에서 핸드폰을 꺼내 들었다. 메시지를 썼다.

'다시 뵀으면 합니다. 송이 드림.'

송이는 발송 버튼을 만지작거렸다.

작가의 말

그/그녀를 만나지 못했다면 어땠을까 생각해 봤다.

그랬다면 나인 투 식스의 삶에 제대로 길든 채 살았을 것이다. 죽이 잘 맞는 동료와의 소소한 대화에 느슨한 소속감을 느꼈을 것이고 가끔 공돈이라도 생기면 히죽거리며 좋아했을 것이다. 나보다 못한 이를 보며 은근한 우월감을 즐겼을 것이다. 타인의 불행에서 거저 얻은 안도감을 손에 꼭 쥐고 행복해했을 수도 있다. 어쩌면 나와 아무런 상관도 없이 겨우 살아가는 것들을 감정 없는 시선으로 바라보면서 팝콘을 집어 먹었을지도 모른다.

하지만 그/그녀 때문에 그러지 못했다. 그/그녀는 나의 머리채를 잡고 세차게 흔들었다. 눈을 감으려 하면 강제로 눈꺼풀을 벌려 뜨게 했다. 애써 피하려 하면 따귀를 보기 좋게 올려붙였다. 그/그녀는 스토커처럼 끈질기게도 따라왔다. 난 미련하게도 여태 피할 방법을 찾지 못했다. 그/그녀의 이름은 문학이다. 젊은 날 그/그녀를 만나지 못했다면 난 지금쯤 괴물이 되었을 것이다.

수록작품 수상내역

〈소설이 곰치에게 줄 수 있는 것〉 … 2014년 천강문학상 우수상

〈할슈타트에서 온 절대 무공〉 … 2019년 무예소설문학상 우수상

〈마들에서 잃다〉 … 2013년 울산 정명 600주년 공모전 대상

〈회전초〉 … 2015년 경북일보 문학대전 수상

〈달 뒤편에서의 조식〉 … 2018 경북일보 문학대전 동상

〈축제〉 … 2019년 공무원문예대전 은상

〈발명의 효과〉 … 2017년 사하구 모래톱 문학상 대상
(수상 당시 제목 〈그림자의 그림자〉)

소설이 곰치에게
줄 수 있는 것

ⓒ 최석규, 2020

초판 1쇄 발행 2020년 11월 10일

지은이   최석규
펴낸이   이기봉
편집   좋은땅 편집팀
펴낸곳   도서출판 좋은땅
주소   서울 마포구 성지길 25 보광빌딩 2층
전화   02)374-8616~7
팩스   02)374-8614
이메일   gworldbook@naver.com
홈페이지 www.g-world.co.kr

ISBN   979-11-6536-956-9 (03810)

이 도서의 국립중앙도서관 출판예정도서목록(CIP)은 서지정보유통지원시스템 홈페이지(http://seoji.nl.go.kr)와 국가자료공동목록시스템
(http://www.nl.go.kr/kolisnet)에서 이용하실 수 있습니다. (CIP제어번호 : CIP2020045690)